张世勤 著

爱若微火

中国文史出版社

图书在版编目（ＣＩＰ）数据

爱若微火 / 张世勤著. -- 北京 ： 中国文史出版社，
2020.10
　（实力榜·中国当代作家长篇小说文库）
　ISBN 978-7-5205-2284-7

　Ⅰ. ①爱… Ⅱ. ①张… Ⅲ. ①长篇小说－中国－当代
Ⅳ. ①I247.5

　中国版本图书馆 CIP 数据核字(2020)第 179720 号

责任编辑：全秋生

出版发行：中国文史出版社
地　　址：北京市海淀区西八里庄路 69 号　　邮编：100142
电　　话：010－81136602　　81136603　　81136606（发行部）
传　　真：010－81136655
印　　装：北京温林源印刷有限公司
经　　销：全国新华书店
开　　本：787×1092　　1/16
印　　张：14.5　　字数：230 千字
版　　次：2021 年 1 月北京第 1 版
印　　次：2021 年 1 月第 1 次印刷
定　　价：49.80 元

目录

第一部 夜 艳

1

弹跳、侧蹬、空翻、身体腾空,划出弧线,悄然落地,然后借力反弹。项天和闵繁浩迷上了这项酷酷的运动。

他们成了伊甸这座城市里的两只夜猫子,每每夜深之时,便像幽灵一样,互相追逐,上下翻飞,轻捷如燕。让这静谧中的伊甸获得了神秘的气质和力量。

闵繁浩看似一堆肉,长得很敦实,两手胖得像娃娃。但他的身材与在跑酷中表现出的敏捷身手相比,形成了巨大反差。项天并不是他的对手。

这晚的跑酷同往常并没有什么区别,仍然是凤凰崖下的北青石板巷,仍然是弹跳、侧蹬、空翻、身体腾空,划出弧线。唯一不同的是,在项天从一截矮墙上高高空翻、落地反弹、然后侧蹬墙基、身体舒展着向街口飞去之时,却突然从街口转出一人,打了项天一个措手不及。

正在"飞行"过程中的项天,已经来不及改变飞行轨迹,下落中的

1

他，只得张开双臂，将人影裹了，顺势在石板路上滚了三圈。

被项天裹住的是一个年轻女人。

项天想尽快翻下身来，但身体却被女人的双臂兜住。女人睁开眼睛，近距离地盯着项天。项天感觉那仿佛是两道闪电，晶亮，唰的一下穿透了青石板巷的夜色。那是一对圆圆的猫眼。

女人小声说，你在压着我。然后身上升腾起一股清香。

项天说，是你把我抱紧了。

那就……认识一下吧。

项天说，看清楚了，一对猫眼。

已经跑到前面去的闵繁浩，听到了后面异样的响动。迅速折返、腾空、翻转、落地，看到项天身下结结实实地压着一个女人。

项天顺势翻下身来，并且说，刚才被我撞到了。

年轻的女人却未动，闭着眼。闵繁浩说，麻烦！碰伤了是不？

闵繁浩开车，两人把"受伤"的女人快速送往医院。办好手续后，年轻的女人却不见了踪影。

回到闵繁浩的别墅，两人歇息了一会儿，觉得今晚这事有点蹊跷，于是又重返青石板巷。闵繁浩的别墅就在北青石板巷的下端，并不远。夜色中，他们停在了项天裹住女人的街口。闵繁浩问，当时什么情况？

项天说，我……项天省略了他和年轻女人之间的简短对话。

你在压着我！是你把我抱紧了。那就……认识一下吧。看清楚了，一对猫眼。那的确是一对圆圆的猫眼，晶亮，一下穿透了青石板巷的夜色。女人身上升腾着淡淡的清香。

项天正回想着，闵繁浩说，按常理，她一转出街口，突然见你飞过来，别说女人，就是男人也要被吓一跳，大叫一声。可我并没听到她发出惊叫，倒是你喊了一声。

我？我喊了吗？

而且，这么晚了，这条巷子又这么僻静，她一个年轻女人出现在这里，不合逻辑。

项天打趣说，那会不会是鬼？项天再次想起年轻女人身上升腾起的缕缕清香。

你相信有鬼？

或许我们就是！项天说。

闵繁浩盯着项天，在夜色里笑了。

2

第二天一早，东天还是一轮大太阳，但谁知午后却风云突变，厚厚的云将伊甸遮住，兜头泼下了六个小时的强降雨。大雨围着伊甸，像是用瓢在浇。多半个伊甸过了水，许多低洼处一片汪洋。

正在伊甸大卖场里做商贸调研的项天，就近躲进了日用品卖场。日用品卖场的东面和西面分别是文体用品卖场和汽摩配卖场，南面和北面依次是灯具卖场和成衣卖场。一开始市场里很多人抻着头，彼此说笑，但很快地面上就起了水。随后大量的水从外面涌进来，水面上漂起了塑料椅、抽纸包、牙签、筷子、发卡、十字绣、花瓶、口杯、牛角梳等琳琳琅琅宗宗物品，远处还能看到学生作业本、台历、笔筒、成人内衣，甚至有一个轮胎也向这边漂来。后米，项天搭乘武警的冲锋舟才好不容易从大卖场里全身而退。

闵繁浩正在青龙庄园的别墅里等他。别墅的一侧，是一条人工河道，叫青龙渠。青龙渠与凤凰崖下宽阔的伊豆河呈"丁"字形状，上下贯通，平时清水相送，水波荡漾，半塘涟漪，一派旖旎风光。因着一场暴雨，伊豆河鼓胀咆哮，青龙渠便也沟满河平，浑黄的水汹涌而下，发出巨大的响声。

闵繁浩一边望着外面涨满的河水一边说，你想不想吃鱼？

正忙着换装的项天说，这会儿还能有开张的市场？

有这水，恐怕全城都成市场了！闵繁浩说着从储藏室里翻出一挂破鱼网，简单连补之后，提网去了二楼。项天跟上去，闵繁浩说，你把窗子打开。

二楼的窗子很宽大，高低位置也正合适。闵繁浩一网抡出去，纲举目张，轻轻松松便从青龙渠里收上来两条大鱼。两条鲜活的大鱼在地板上一阵乱跳，说不清它们是在痛苦地挣扎还是在欢乐地舞蹈。

闵繁浩说，全城的水整个连成一片了，这一定是热电公司养鱼场里的鱼借机到城里巡游来了。

有意思。项天走近窗口，继续向青龙渠里张望，却见上游的水面上正急急地漂过来一条小船。哎，哎，又过来一条。项天急促地说。

闵繁浩正在收网，一听又来一条，便执网来到窗边。见一条小船正从上游漂摇而下，船上是一女子，怀抱琵琶，正处惊慌之中。项天说，网住它！

一张大网撒开，向水面上罩去。惊慌中的女人却也十分沉稳，一伸手就抓住了网口。项天和闵繁浩二人合力把她连人带船拖停在了青龙渠一侧。

危急之中，女人竟然还能怀抱琵琶上岸。但在女人进门的那一霎，项天却看到了一对晶亮的猫眼。

项天没动声色。女人在客厅里坐下来，用毛巾擦拭着湿漉漉的头发，两眼不住地打量着闵繁浩的别墅。

项天和闵繁浩分坐在两张沙发上，静静地看着一个陌生的女人在那里梳妆。

二楼地板上，两条鱼不时发出"扑通""扑通"的声响。女人盯着楼板问，上面怎么回事？

项天说，打架的。

谁打架？

两条鱼在打。

女人梳理完毕，对着项天说，刚才我进门时你喊我什么？

我没喊什么。

你喊了。

项天说，眯眯。

女人说，你唤猫呢！

昨天夜里，我已经记住了你这对猫眼。闵繁浩听项天这么说，一下坐直了身子。原来昨天晚上……

别这么一惊一乍的好不好！女人说，你怎么称呼？

我们还没问你呢？闵繁浩说。

女人笑了，一进门的时候，项天不是已经叫了吗？眯眯！他们都这么喊我，你们也可以这么喊。

这下，项天把身子坐直了。你咋知道我叫项天？

女人笑着并不搭话，眯起的猫眼竟现出些妩媚。

项天问，你到底干什么的？

眯眯随手扯过放在一边的琵琶，两臂轻拢，抱于怀中，然后纤细的手指一拨，便飞出一串动听的丝竹之音。楼上的两条鱼仿佛也通晓音律，适时地扑腾了两下予以配合。

一曲奏完，弦静音止，眯眯优雅地把琵琶收起，将一张身份证随手

5

丢给了项天。

项天下意识地往后裤兜里掏。闵繁浩说，用不着再掏了，你已经被人家过手了。

项天于是快速地回忆昨晚的场景。空中裹挟，青石板上翻滚，双臂兜住。看来在两人简短对话时，女人的手已经把他后裤兜里的身份证给顺走了。嗬，身手不凡啊！有这手艺你该去做贼。项天说。

我以为你们两个才更像贼！

闵繁浩轻轻笑了。

不是吗？深更半夜，猫着腰，上蹿下跳，不是贼还能是什么！眯眯一边说一边再次打量闵繁浩的这座三层别墅，然后很让人伤尊严地说，这别墅不会也是偷来的吧？

闵繁浩这回真的笑出了声。眯眯说，我就知道，两个骗子！

项天说，我们那叫跑酷！

是啊，你们俩跑了也该有一两个月了。

闵繁浩说，你在盯梢我们。

干嘛说得那么严重！谁还没个爱好。说完，又指着天花板说，是不是先把两条打架的鱼给收拾了？

项天起身去二楼，把两条鱼提溜了下来，送进了厨房。眯眯跟进来。闵繁浩问她，你会烧鱼？眯眯只回敬了一个浅笑。

很快，眯眯展示了她很好的厨艺，烧出了一锅鲜美的鱼汤。闵繁浩说，当时项天说又过来一条，我还以为是鱼呢。

是鱼不是鱼有什么要紧，反正已经让你们给网住了。你们两个不应该玩什么跑酷，而该去做渔夫。

项天说，我们更想做猎手。

猎手？

按计划今天晚上我们是要再去会会你的，不管你是人是鬼先拿住再说。

眯眯放下碗，一下表现出些许兴奋，咱们想到一块儿去了！我也是打算今晚再被你撞一次的。

你觉得好玩吗？

只要再撞一次，你的身份证自然就回去了。

眯眯是第一个吃完的。吃完后就去客厅那边坐了。听见她把电视机打开，电视里正在播报水灾的新闻。

项天和闵繁浩吃完后，并未在客厅里坐，而是直接上了二楼。在楼上，两人坐定，项天掏出烟，点上。闵繁浩把身子向项天这边靠了靠，皱着眉头，低声问，感觉怎么样？

挺鲜美的。项天故意往鱼汤上说。项天当然知道闵繁浩想问什么，可他对这个被他们网住的女人，目前也是一无所知。闵繁浩撤回身子。项天继续说，我和你都需要女人，上天一场雨把她给送来，这就够了。

我不需要女人。

你的别墅可能比你更需要。

闵繁浩说，我说了我不需要。

项天说，如果只有咱们两个人，鱼汤会这么鲜美吗？

闵繁浩说，问题是，你得先弄清来路。

说话间，一首清凉的琵琶曲宛如缭绕的烟雾，顺着木质楼梯一阶一阶地爬上来：列营、吹打、点将、排阵、走队、埋伏、小战鸡鸣山、大战九里山、败阵、自刎、奏凯、争功、回营。

闵繁浩闭着眼，手指敲打在沙发扶手上，喃喃地说，真好啊，《十面埋伏》。闵繁浩显然不是在夸她的才艺，因为接下来闵繁浩就说，这会儿你觉得鱼汤还鲜美不？

项天说，你意思是我们中埋伏了？

第二天一早，太阳出来了，打开窗子，项天看到太阳也跟被水淹了一夜一样，冒着一股湿气。已经消肿的青龙渠，升腾起团团细雾，整个青龙山庄笼在一片虚幻之中。

项天第一个下到一楼，昨晚眯眯是在一楼休息的，项天想此时眯眯该在厨房里忙乎，或许早餐已经忙乎好了。

转过一圈，眯眯却不见踪影。项天仔细回想昨晚的场景，竟跟一场梦一样，好像阳光一照，什么都没有了。可厨房里，昨晚盛过的一碗鱼汤还在。

闵繁浩一脸严肃地下楼，问人呢？

项天答非所问，出太阳了。

闵繁浩看看项天，项天两手一摊：蒸发了！

3

几天后的一个雨夜，项天敲开了眯眯的房门。

开门的眯眯既没有惊讶，更没有惊慌，而是返身继续把身子歪在沙发里，随手翻着一本书。

项天把一柄腰刀抽出来，刀尖压在了她正在读的书页上。

眯眯看他一眼，轻轻把项天的手推开。你把这本书玷污了！

项天用另一只手把书扯过来。在眯眯翻开的那一页上写着：耶和华神创造天地的来历，乃是这样：野地还没有草木，田间的蔬菜还没有长出，神还没有在大地上降雨，土地也还没人耕种。但有团团雾气从大地上升腾，山山岭岭正接受着滋润……

项天把书合上，压上去的腰刀正好在"圣"和"经"两个字之间。说吧，你是谁？项天极力地一脸严肃。眯眯一笑却轻松把他给化解了：我，当然就是我啊！

项天说，废话！你为什么要盯梢我们？

你不是也盯梢我吗，要不，你能知道我住在这儿？没想到吧，我就在你们附近，南青石板巷。

你到底是什么人？

实话说我也不知道自己到底是什么人。眯眯继续说，其实，你不觉得你今天来得很冒失吗，万一我一招手，从楼上冲下来几个大汉，你怎么办？

项天抓起刀，一下站了起来，才注意到眯眯住的竟然也是别墅，只是不同于闵繁浩的，眯眯住的是连体别墅。

眯眯咯咯咯地笑起来，就你这胆量，还好意思带着刀来！坐吧，就我一个人。

眯眯起身，从酒柜里摸出一瓶红酒，斟了两杯，把其中一杯墩在了项天跟前。项天并没有端酒，而是说，一个人也住别墅？

眯眯说，闵繁浩不也是一个人吗？而且他住的别墅更大。

看来你在打他的主意。

你是说抢劫？

应该是吧。因为他太有钱，值得被绑架。

那你太小看我了。

项天打量了一下眯眯的别墅，心里明白，眯眯的确没那个必要。项天说，如果不是为钱，那你肯定就是为情了。

眯眯跷起拇指，你这么说，我高兴。那你觉得我嫁给他怎样？

项天说，好主意！

9

这么说你欢迎？

当然欢迎。

为什么？

因为他这辈子不打算结婚。

还有这样的男人？而且如此有钱。

项天说，有，他就是。

那你让我怎么嫁！眯眯摇动着手中的杯子，杯子里的红潮在追逐打转。随后眼光从杯口上漫过来，散散淡淡地说，我为什么非要嫁他，我也可以嫁你呀！

我……

不会你也终身不娶吧？

项天摇摇头，我可没他那么怪，我是男人！

眯眯摇动着手中的杯子。有一点让我觉得好奇，你研究生很快就毕业了，却留在了伊甸。你是学经济的，却甘愿去那样的单位。

项天说，看来你对我们的盯梢成果很大。是的，你说的这些我自己也还没弄明白。怎么说呢，可能是我喜欢伊甸吧。

眯眯一下很兴奋，嘿，这一点你倒跟我一样。眯眯指指桌上的书说，我正在研究伊甸。

项天摸起书来，掂了掂：这书上的伊甸和伊甸城那可是两回事。

这我知道。但你也可以把它看成是一回事呀。

你觉得是一回事？

眯眯说，我查过伊甸的地方志，伊甸过去就是一个草甸子，城北是山区，山前有一片开阔地，遍地荒草。后来开始有人居住和集聚，后来就有了马道通往北部山外，往来做生意的人络绎不绝。史志上记载那时的伊豆河可是水流丰沛，承载着很大的水路运输任务，不是客船就是商舟上行下航。为了方便这些过往人，城里开起了很多家小店，晚上的生意非常红火，常常要喧闹到很晚才能打烊。所以伊甸就有了最早的名字——野店。野店让人听上去不雅呀，有人就借草甸子的意思叫了一甸。再后来，因着这一带姓伊的人特别多，叫来叫去，写来写去，就成伊甸了。

那么说你姓伊？

不，我不是伊甸人。

不过，我仍然没听明白伊甸城和你这本书中的伊甸有什么瓜葛。

没有吗？伊甸有金蛇山银蛇山两座山，好像蛇都成了这座城市的图腾了。而且，你看伊甸是一座多有爱的城市啊：小荷路、女贞路、柳梢头路、并蒂莲路、子路、劳燕路……马竹巷、梅青巷、王侧巷、关雎巷……倾国街、倾城街……

这两条街有吗？项天提出疑义。

眯眯说，当然现在没了，已经改成建国路和孝诚路了。所以说，伊甸好像是一座从《圣经》上掉下来的城市。

项天真想不到，一个神神秘秘的女人竟然一个人躲在别墅里研究这些稀奇古怪的东西。既然她这么爱伊甸，到底是什么人似乎已经变得不那么重要了。项天看着她，把跟前的红酒杯端起来，大半杯一下灌了下去。然后说，那你的意思，你就是这座城市里的夏娃了？

我如果这么认为与别人也无关啊。嘴上这么说，眯眯的脸上到底还是泛起了点点羞红。眯眯说，要说，整个伊甸城都是夏娃。因为你如果把凤凰崖当作夏娃的头部，那么金蛇山、银蛇山恰好就是夏娃的胸部了，摊开的两条胳膊呢，正好是南北两条青石板巷，伸展开来的腿呢正好就是伊甸商贸城和伊甸物流园。既然伊豆河这么古老，难道就不能允许上古的某位女神曾经在这儿沐浴休憩过？

项天端着酒杯，也像眯眯那样摇，目光差一点跟着眯眯的思维穿越到了过去。

4

在闵繁浩的别墅三楼，一面墙壁就是一块大银幕。在看过一个功夫片之后，项天和闵繁浩歪在两张沙发里闲聊。

项天说，今天我去文化宫报到很有意思，你猜我见着谁了？

谁？

眯眯。

呃，她终于出现了。

项天说，今天是全体人员会，文化宫女职工不少，对面一个女孩一抬头，我一看，嗬，这不是眯眯吗！她微笑着向我打了招呼。怪不得昨晚分手时，她跟我说，明天见！

昨晚？你见过她了？

项天沉沉地说，是的。一边喝茶，一边慢悠悠地说了昨晚会面的情况。听完，闵繁浩说，百无一用是书生，你这哪里是打探她的情况啊，怎么听上去倒是你把什么都交代了。

项天点点头，也是。不过，我觉得已没有多少打探的必要。

为什么？

因为我发现，只要把她身上的"神秘"两个字，换成"浪漫"，一切就 OK 了。我去的时候她正看书，忙着研究伊甸。

项天把她的研究心得说了。闵繁浩听后说，真是奇葩，她这么解读伊甸！这么研究好啊，倒是正对你的路子。

对我什么路子！她来伊甸似乎与你有关。她说高二那年，她曾被人强暴过。

这跟我有什么关系？

她认定强暴自己的人就是你。

闵繁浩一听笑了。项天说，我倒真希望能是你。唉，她也只是根据身形断定。可我也告诉她了，你的身形不过是这两年才变化成这样的。记得我们俩第一次见面的时候，你比我胖不了多少。可现在，原来的尖下颏，都已经成圆的了。

闵繁浩摸着自己圆圆的下颏，一脸认真地说，我看你可以收了她。

我收她？

你不是天天跟我谈什么爱情吗，这回人家送上门来了。

项天说，可惜啊，我已经有目标了。

啊，谁啊，这么快！

伊甸外国语学院莫教授的女儿莫若兰。

同学？

不是，是文化局局长由大用介绍的。

你觉怎样？

挺内向的，不善言谈。我喜欢。

5

伊甸独具特色的两条青石板巷，一南一北，相接处有一脚小路，通往凤凰崖。项天与眯眯相约，从两条青石板巷分头出发，待在相接处聚首后，一起登上凤凰崖。正是傍晚时分，古红的夕阳把伊甸染成了一片金色。晚霞宛如重重佛光，将两人笼在崖端。天上白云苍狗，脚下的伊豆河静水清流。

你觉得怎么样？眯眯问。

那还用说，美呗。

我是说单位。

怎么扯到单位上去了，单位就那么回事。

那为什么要进去？

给你说了，我喜欢伊甸。

我也喜欢伊甸，眯眯说，可我认为喜欢一座城市不是笼统的，比如说我吧，就是因为喜欢伊甸的一个人。

那个强……你的人？

怎么可能呢！是我的一个同学。

哦。

不过，他已经飞走了。

项天因此调侃她，那他是一只什么鸟？

眯眯笑了。过了很长一会儿，又冷不丁回复项天，花鸟！

眯眯又转了话题，没话找话地说，你们两个大男人住着一幢别墅，严重的资源浪费，再说结构也极为不合理啊。

我们是朋友，前些年认识的，一见面竟就很铁。我本来是到伊甸大卖场里搞调研，写硕士论文的，中途变卦，直接留下来了，惹得我们导师还很不高兴。

眯眯瞪着猫眼，那你是何苦呢！

项天指着崖下，说你看，伊甸是座商城呢！

商城怎么了？

繁华呀，可以挣大把的钱。

眯眯说，我喜欢伊甸，但跟你不同。我喜欢的是大卖场之外的那部分，恬恬静静，十分宜居。挣钱，这应该是闵繁浩他们这些商人的事。可是，听你说他决定终身不娶，为什么呀？

　　项天说，具体我也说不上来，好像是被女人骗怕了。

　　他好像很会经商。

　　也许吧。不过他主要是接手了他老爸的生意。

　　这么说，你现在是寄居在他的篱下。

　　算是吧。所以我想尽快结婚。

　　我那房子……项天打断她说，这事与你无关。

6

　　还是北青石板巷。还是弹跳、侧蹬、空翻、身体腾空，划出弧线，悄然落地，然后借力反弹。还是街口，还是措手不及。还是眯眯，还是滚了三圈。

　　项天两眼猩红，明知故问，你谁？

　　眯眯两只猫眼瞪着说，嘿，你就装吧！

　　项天说，你怎么不抱紧我？

　　眯眯说，你搞错了吧，今晚上你可是新郎官。

　　项天说，你不是善偷吗？

　　眯眯躺在青石板上，身子很放松，由项天压着，淡然一笑，你还有什么好偷的？

　　今天晚上我可是见谁杀谁。项天恨恨地说。

　　难不成又把小腰刀带来了？

项天的心气慢慢地蔫了。仿佛经历过一阵想象中的激情。

眯眯用力把项天翻开。像块石头，沉沉地滚落下来。四仰八叉完全把身体打开的项天，望着满天的星斗，喃喃地说，你到底是人还是猫精？

你说呢？

我今晚收了你。

你呀，没那本事！

一男一女，分躺在青石板上，谁也没动。眯眯说，你起来呀。

你走吧，我今晚就躺这儿了。项天说。

眯眯没动，说你不起来，我怎么走？

我没碍你。

眯眯说，你把我弄伤了！

项天看也没看她就说，又装！

我的腰这次是真的被青石板硌着了。

项天侧侧脸，看了她一眼，然后翻转身，侧立着，胳膊支在青石板上，手托着腮，望着眯眯说，是不是还想让我送医院啊？

送医院就免了。但恐怕你得背我回去。

项天真要去背眯眯的时候，眯眯说，算了，你还是搀着我走吧！

进家后，眯眯换了一身休闲装，把换下来的衣服塞进了洗衣筒，然后在客厅里舒展着身体。过了一会儿，好像已经把筋骨活动开了的样子，然后懒懒地从酒柜里摸出一瓶红酒，斟了，先独自喝了一杯，又倒。

项天要端她的杯子，被眯眯摁住了，说今晚你喝了多少？你不能再喝了。项天撮起杯子，一饮而尽。然后说，今晚我们喝了一瓶。

你们……看来莫若兰好酒量。

项天放下杯子说，她已经醉了。

项天抢着倒酒，问眯眯，你是不是每天晚上都要去北青石板巷？

16

差不多吧。

你应该知道，这地儿原叫野猫沟。

眯眯说，不用吓我，你可以把我看成是猫精。

所以你每天晚上出来晃悠。

爱好！谁还没个爱好。我喜欢这青石巷好了吧。再说，我是一个晚上睡不着觉的人。

那你应该去小苹果会所上班。

你的意思是我适合做性工作者是不，哎，告诉你吧，我还真有那个能力。不过，我自己认为我是一个爱情工作者。

爱情工作者？

眯眯说，是的，我追求爱情，因为我相信爱情。难道你不相信吗？孟姜女的爱情已经垒进长城里去了，白娘子的爱情已经罩进雷锋塔里去了，祝英台的爱情已经埋进坟墓里去了，织女的爱情已经蒸发到天上去了。这人间呢，人间总得有啊！

项天兀自喝酒。眯眯说，别硬撑着了，说说你自己吧。

我……洞房花烛，没什么好说的。

眯眯看着落魄的项天，笑着说，洞房花烛应该在被窝里，而不是跟另一个女人推杯换盏。

项天说，她心里装着别人。

眯眯没马上接话，过了一会儿才说，够可怜的。那么你是……刚知道？

项天说，当然，这样的事我不说你也不会明白。

眯眯轻轻摇着手里的酒，不，其实我早知道。

项天猩红的眼睛瞪着，略感惊讶。

也许我不该说。眯眯晃着手里的酒杯。其实，还在你跟莫若兰压马

17

路的时候我就知道了。

那你为什么不早说？

你也没给我机会啊！

项天说，说来，我们总共也没压过几次马路。

眯眯说，我记得好像是柳梢头路。我上海的同学文晴晴到伊甸来看我，那晚我和她也去了柳梢头路。一打眼看到了你们俩，文晴晴当即一惊，她恋爱了呀！你知道我是一个好奇心特重的人，要不我就不会玩什么盯梢了，多没意思啊。可文晴晴这话里显然有话，因此我问她，她就说了。文晴晴还问我，那男的谁？我没告诉她我们认识。

文晴晴？她跟莫若兰怎么熟悉的？

文晴晴是我高中时的同学，学小语种，大学时跟莫若兰又是同学，毕业后留在上海了，在一家肉制品公司，用她的话说，她是卖肉的。有关莫若兰的事，她似乎都知道。

7

你怎么会找到我？文晴晴问。

项天回答她说，我是眯眯的同事。

文晴晴盯着项天看了一会儿说，怎么感觉好像在哪儿见过你？

项天十分肯定地说，在伊甸。

文晴晴双手抱着一杯咖啡，似在回想。项天说，伊甸的柳梢头路，我当时和莫若兰在一起。

噢，我想起来了。听说你们结婚了。

名义上是吧，项天说，因为从结婚那晚我们就分居了。

怎么会这样？

这……你应该比我清楚。

文晴晴说，的确，她在这儿读书时，已经有个男朋友，但听说她父母坚决反对，为此还把她硬拽回去了。

项天说，新婚之夜她跟我说，她必须得找到他。

文晴晴说，遇上这事，你也应该……理解。

项天说，就算我能理解，但不能接受的是，既然这样为什么还要跟我结婚？

这倒是个问题。可能是迫于父母的压力吧。也或许，她说的找到他，只是想要告诉他，她结婚了，从此两清，然后认真跟你过下去。

这什么逻辑！

什么样的女人都有，女人什么样的心思都有。女人的心思你最好别猜。

怪不得闵繁浩打定了主意终身不娶，看来他是过来人呀。

闵繁浩谁？

我的一个朋友，伊甸大卖场里的老板。

终身不娶？一个大老板还有这心思，我不信。有机会我会会他。

会他简单，你到伊甸去，找着我就找着他了。眯眯跟你一样，她也不信。

文晴晴接话问，眯眯还好吧？

项天说，搞不清。

你们不是同事吗？

是同事，可她整天搞得神神秘秘的。你和她高中同学？

是的，我们都是方州人。

那她怎么到伊甸来了，真是因为家是伊甸的一个同学吗？

19

她这么给你说过？

是的。听你的意思是不是还有别的什么原因。

当然。不过也都是外界的一些传言。因为她当年在方州招待所待过一段时间，传说她跟一位领导好上了。后来这位领导调任伊甸，她也就跟着去了。

她怎么会在招待所待过一段时间？

因为一件事。

是不是她被……的事？

文晴晴说，嗬，这个她也给你说了！

说了。

那你们关系不一般啊。不过，她说的你相信吗？

项天说，我什么情况也不了解，反正是她说我听。

文晴晴说，我们当年在方州读中学，从她家到学校有一段山路，山怀抱里有条小溪，在谷底形成了一个不大不小的湖泊。据眯眯自己讲，那年秋季开学不久，有一次正午时分眯眯路过那儿，一不小心从山梁上滑倒了，山梁上的碎石细沙一直把她送到了湖边，像上帝的一份礼物一样，直接送到了一个正在湖边洗澡的赤身裸体的男人身边，因为她的衣服几乎被沙石划碎了，衣衫褴褛，已经衣不蔽体。男人下意识地想去救她，结果扑到了一起。就这样。那么你听上去，你觉得这到底是一场暴力强奸呢还是一出英雄救美？所以，她的话并不可信。有人怀疑她是先跟那领导有了一腿，然后才找理由退了学。

经文晴晴一说，项天也有些好奇了，不禁问，她还是个学生，怎么可能跟那么大的领导接触上呢？

你小看眯眯了。她啊，学校出名的文艺骨干，弹得一手好琵琶，丝弦一响，管是谁都醉了。说是去了招待所，上没上班谁也无从考证。因为她很快就考上了省戏校，再后来你就清楚了。

项天说，她现在自个儿住着一幢别墅。

文晴晴说，知道，我在那儿住过。我曾用开玩笑的方式探过她的口风，我说你这从哪弄来的别墅，偷的还是捡的？她一本正经地回答我说，当然是捡的，你不信？我说我信。

走前，项天把话题又扯回到了莫若兰。项天说，现在莫若兰窝在我手里，成了烫手山芋，你无论如何也帮她找找那个人吧。

文晴晴说，那人已经出国了，我们同学们都没有他的联系方式。其实，莫若兰还是……挺漂亮的。

那跟我什么关系！项天说，等你去伊甸吧，我请你好好喝几杯，我说的是白酒。

文晴晴一笑，你怎么知道我能喝酒？

项天说，是你腮上的酒窝告诉了我。

8

结了婚的项天，仍然住在闵繁浩的别墅里。没结婚前，项天住得理直气壮，这结婚了又回来，就不免有些灰溜溜的意思。因为闵繁浩一开始就反对他这么早结婚，甚至反对他结婚。闵繁浩曾经动员过他，你有经济理论，我有实践经验，咱们兄弟并肩，可以无牵无挂纵横商海。但当初项天的想法是，无论如何要以自己的婚姻做个证明，改变闵繁浩的决定，要让他知道这世上最美好的还是爱情。可是一个回合下来，项天就败了，而且败得很惨。

项天窝在闵繁浩的别墅里好几天没有出门。

这天，眯眯又要约项天去凤凰崖，项天不想去。眯眯说，你必须来，很重要。

上到凤凰崖，眯眯早在那儿等着了。项天问，什么重要事？眯眯拉着他的手说，你看件东西。

眯眯让项天看的是一盘石磨的上半部分。项天很无奈地说，你呀，唉！

因为此前，项天跟眯眯聊天时，曾聊到过自己家乡枣园的一个古老习俗，那就是什么样的婚姻叫天作之合呢，一个很有力的验证方法就是一盘石磨。把磨盘拆分，母盘放置在山下，把公盘拎到山顶。瞄准母盘的大致方位后，把公盘推下山来，如果公盘与母盘恰好合榫，复原成一盘完整的石磨，好了，这桩婚姻便是天定。可现在都什么年代了！因此项天说眯眯，你可真能琢磨！

但眯眯找不着这样的事，兴致很高，哎，我觉得这太有意思了。来，来，咱试试。

项天没动，却问她，你从哪儿搞来的这磨？

眯眯说，小苹果的迟德开在会所的庭院想铺一条磨道，收购来一些，我从他那儿弄过来的。

弄过来就弄过来吧，也只能放在这儿了。母盘呢？

眯眯说，已经放在崖下了。

项天说，你赶紧给他还回去吧。

眯眯有些不高兴，你这人怎么这么无趣啊！

项天说，你也不想想，崖上崖下，来来往往不断人，你怎么往下推？你真要推，只能有一个法，那就是让警察封山。

呃，你说的这办法好。

你还真封啊。

眯眯说，你不是跟警察武强熟吗，让他帮个忙。

22

警察武强是项天师妹采菱儿的丈夫，这个地界的民警。项天说，亏你说得出，这是哪出跟哪出啊。

没过几天，眯眯又给项天打电话，说我请你喝酒。

项天说，你还想推磨盘啊？

不是。你到家里来吧。

项天只好说，那好吧，不过稍晚一点哈，我得从北青石板巷跑酷到你那儿去。

夜晚的青石巷非常寂静，灯影恍惚。项天的郁闷期基本已经过去，弹跳、侧蹬、空翻，项天感觉身体似乎从未有过的轻捷。到达街口，在他侧蹬墙基，身体舒展着向街口飞去的时候，眯眯突然转了出来。不过这一次，项天却并未被她拦住，而是从眯眯的头顶上轻松飞越过去，然后在眯眯的身后空翻落地。

眯眯转过身，喜滋滋地看着项天说，嘿，没想到长进了哈。

项天一边拍打手一边说，不能老让你给阻住。你这么做是不是上瘾了，其实很危险，你不想想一旦躲闪不及，很容易把你摁倒在青石板上。

你又不是没摁倒过。眯眯一边说一边笑嘻嘻地掀了下上衣，露出了一小截护腰。项天说，噢，原来你今天是有备而来啊。早知这样，刚才我就不需要加大马力了，直接抱了你就是。

眯眯的猫眼在长睫毛的掩映下忽忽闪闪，说，现在抱也不迟。

到眯眯的别墅后，眯眯斟上了红酒。项天说，你今天好像兴致不错啊。

那是。眯眯一边说着一边还小女人一般地拽了拽。

那有什么高兴事？

你来。眯眯拉项天进了 层的偏房，把电脑打开了。原来是眯眯请人把磨盘定亲改装成了一款游戏。项天看了一眼就出来了。

眯眯跟在后面问，不好吗？

项天说，不是不好，是没意思。

怎么没意思，一上线，年轻人都争先恐后地玩。游戏嘛，可以不当真，但不妨拿来测一测。结了婚的也可以测呀。

你还怕离婚的不够多啊！项天说，你怎么跟迟德开交往上了，那人……

眯眯说，我知道小苹果不是什么好地方，我一进去就被刺鼻的荷尔蒙味呛到了。我明白你们为什么喊他"虫二"了，是不是古体的"风月"二字去了外圈？这名啊，妥妥的。

其实，我们私下里也喊他老何。

眯眯笑笑，老何这称呼也挺好，不会是荷尔蒙的荷吧。

项天说，你知道那地方不好，你还去啊。

眯眯说，男人嘛，都差不多。这还用着说老何吗，就说咱们的主任伊班多大年纪了，可哪一天他不把眼光在我身上涮上几涮，那他算是白过。他越这样我就越挤对他，故意在他面前挺挺胸，拢拢发，暖他一眯，让六神无主，吃不着桃子干酸胃。

项天说，你最好还是少惹他的好。

说的是呢，这不到底还是给我自己惹来麻烦了。有一次下班后，他把我堵在了办公室，办公桌那个硬啊，感觉比青石巷的青石板还要硌人，别看他老胳膊老腿的，嘿，还真有劲，一下就把我压在了上面，要跟我动真格的。

项天因为已经领教了眯眯随口扯片儿的本领，管讲什么，怎么讲，尽量不再表现出大惊小怪。项天看眯眯停了，也不急，兀自端起酒杯喝酒，逼着她自己往下说。

眯眯又开始说了。我一看这架势，我说主任您这是什么课目啊？我还从没见过主任幽默，没想到这种情景下他竟学会了幽默。说全民健身。

24

这词起的，我说，挺好，但你先别急，你这么做请示市长同意了没有？他说，这事市长管不着我。我说，我没说市长管着你，因为市长管着我呀。我这么说，他一下听懂了，先是迟疑了一下，然后浑身软得跟女人一样。看他那心有不甘又十分落魄的样子，我觉得好可怜哟。我说，主任，我给你整整裤子？他看着我嘿嘿地笑，把他美的。他知道我不会给他整，自己摸索着整了，然后把眼镜戴上，又变回了主任。跟我说，他们一直传言说你跟某个市领导有关系，原来是市长啊！看来我不用这招你还不会告诉我呢。没想到这会儿了他还给我扯闲篇，不过也好，总算盖盖他那张老脸。

项天说，想不到你还跟他上演了这么一出。这么说，你跟市长……

眯眯笑着说，切，这你也信？

那……

因为咱们现在的市长老家是方州，情急之下我顺口就这么说了。我知道，现在对这样的事，人们是宁愿信其有，不愿信其无。你见过文晴晴，她这人什么都好，就是留不住话，我猜她一定给你说了很多。实际上不止她，背地里好多人都在说。一开始我很在意，结果都是越描越黑，后来干脆我不描了，反倒很乐意让大家去这么胡乱猜测。有时候连我自己也已经搞不清哪一出是真哪一出是假了。不过，倒是有一点，他们越是猜测越是传播，我的受益就越大。

眯眯手端杯子，对着客厅划拉了一下。我这房子可不就是个例子。在你进单位之前，宫里组织了一次文化活动，市长去参加了，活动的赞助商正好就是开发这地的房产公司。活动结束后市长留下来一起吃饭，我给市长敬酒，那个开发商正好也过来敬，我说你开发的房子不错呀，送我一套怎样？市长顺势说，他这个楼盘可赚大了，对他来说，你这要求呀不高，他送你两套也没问题。开发商送我房子的时候，我说还真送啊。开发商说，市长都表态了，还能儿戏。我说我这是无功受禄啊。开发商说，客气啥，瞅机会帮我在市长面前再要块地就行了。我很严肃地说，你以为我跟市长……我给你实话实说，我跟市长没关系。开发商却现出一脸让人无法琢磨的笑，说你放心，我懂的。嘿，项天你说，我放什么心，他又懂得什么！

眯眯的谈话，轻描淡写，却又意趣盎然。项天突然也觉得无法搞清哪桩是真哪桩又是假了。这就是眯眯！只属于眯眯的独有的高明！

项天说，伊班主任后来没再找你？

怎么没找！他想让我给他串通串通提个副局长。我也是说了，我跟市长没关系。伊班主任竟跟开发商一样乖，说，我可没说你们有关系，我懂的。你说市长管着你，我就明白了。这死老头子，噢，人家是市长，能管着全市人民，难道就管不着我？

听她这么说，项天笑了，眯眯也笑了。两人继续喝酒。项天说，你最近晚上好像很少在青石巷出没了。

嗯。

少出没也好。

怎么了？眯眯问。

你好像被坏人盯上了。项天之所以这么说，是因为在此前的某天夜里，项天跑酷时跑到眯眯常跟他捉迷藏的街口，听到寂静的青石板巷里响起咯噔咯噔的高跟鞋声，项天知道一定又是眯眯，便停下来想打她一个措手不及，唬她一下。没想到眯眯没等走到街角就折返了。项天伸头看时，却看见有一个黑影从半截墙后翻出来，悄悄尾随在眯眯身后。因此项天说你好像被坏人盯上了。本以为眯眯听了后会紧张，没想到眯眯根本就不当回事。眯眯说，坏人？我们为什么总是动不动首先把自己定位为好人，而把其他人定位为坏人呢？你觉得你和我是好人吗？不等项天回答，眯眯又说，我看的那本书你看过没有？

项天说，没有。

其实你应该看看。书里说，上帝创造了人后，看到有好多人都变成了坏人，于是后悔了，怎么办？就发了一场洪水，把不好的人都冲走了。伊甸不也是隔几年就发一次洪水吗，你以为这是干啥的？是冲坏人的！你看现在伊甸多干净啊。

好像在你眼里就没有坏人，那那个人为什么还要跟踪你？

眯眯得意地说，这你就不懂了吧。是我愿意让他跟踪的。

唉！项天算是彻底服了，还有故意让人跟踪的。

眯眯说，你知道吗，一开始其实是我在跟踪他。

项天一听，知道眯眯又要开始扯闲篇。

眯眯说，有一天早上，他从凤凰崖上下来，我断定他不是一个早练的人，因为我打眼一看就知道他不是伊甸人。他的身形跟你十分相似，但发型有些特别。与他擦肩而过的时候，我们彼此用眼睛的余光看了对方。他怀里抱着一丛沾着露水的花草。其实，我注意的不是人，而是那丛花草，是那丛花草打动了我。从那丛花草我断定他是一个有情趣的男人。没想到当我再一次遇见他的时候，他变了，变成了一身环卫工打扮，头戴一个破菱头，背一条粗麻袋片，手拿铁夹子，看样子好像是从凤凰崖上捡下了不少垃圾。他以为换了马甲我就认不出他了，可我这些年已经练就了对男人的火眼金睛，正如文晴晴所说，练不成孙悟空，就别想嫁唐僧。他低着头从我身边经过时，我故意扔了一块果皮，他默默地捡了。走了几步，我回转身，看他一个人走进了青石巷。随后某一天，我忽然发现他从一青洗浴城出来，一身清爽，与那个捡垃圾的环卫工形象又是天壤之别。嗨，这人就有意思啦。他从大道拐进了伊豆河岸的内侧，顺着铺砖小路一直往前走。我悄悄跟上了他，跟着跟着竟跟丢了。跟踪这活儿你知道，本是我的拿手好戏，怎么会跟丢了呢？正在我踌躇时，回头一望，他竟站在我的后面。那天，我们就在伊豆河边的你侬我侬咖啡屋坐了。他确实不是伊甸人，而是昆明人。因为伊甸的大卖场名声在外，好像到处都是商机，他便想到伊甸来安营扎寨，投资兴业，临时在伊甸大厦租住了一套房子，眼下正在考察伊甸的市场，早晚没事便喜欢去凤凰崖转转。他说他喜欢凤凰崖，这是一块宝地，也喜欢这座商贸气息浓郁的城市。我问他为什么要扮成环卫工人的模样去凤凰崖？他说正因为他喜欢这座城市，喜欢凤凰崖，所以不想让那么多垃圾煞了风景。但又怕不符合身份，让人看着不好意思，所以就装扮了一下。我说，第一次遇见你的时候，你好像怀抱着一丛沾满露水的花草。他说是啊，我一直在寻找可以相送的人。找着了吗？没有。不过以后每天早上我会从凤凰崖上采来鲜花送你。我说我们虽然有缘一聚，但也不过萍水相逢，转身之后也就成了陌路，你到哪里去找我。他说，你错了，我会的。其后，他就对我进行了反跟踪。你见他的那天晚上，他在我后面，你又跟在了他的后面，其实你们两个人都没有逃过我的眼睛。

哦，真是奇遇。项天说。

这么给你说吧，我们恋爱了。

你……恋爱了！这就更奇了。

眯眯说，怎么，我难道不可以恋爱吗？眯眯继续说，有一天晚上，我把酒菜准备好了之后，便逛进巷子，把他引到了家门口。等我确定他已经站在我门口的时候，我突然把门拉开，吓了他一跳。于是，我们喝酒。既然他热爱伊甸，我就给他讲了很多伊甸的故事。讲到凤凰崖的时候，我说这地是南青石板巷，我就是夏娃的左乳房。他对左乳房这个话题很感兴趣。当然，我也给他讲了柳梢头路这样的鬼巷。他问我，青石板巷一到夜晚阴森森的，是不是也会闹鬼？我说，肯定也闹。那晚他喝多了，借着酒劲就不肯走了。我说那你就睡一楼吧。睡到半夜，他上了我的二楼。其实这晚，二楼的门我根本就没有关，因为我知道他一定会上来。从这一点来说，你不行，我即使留你十天，我让你在一楼，你就绝不会上到二楼来。我让你坐到床边，你也不会想起抱抱我。男女之间的事根本没你想得那么复杂，一日之间，可能就千颠万覆。一日之间，你可以理解成一天之间，当然也可以理解成别的，不管怎么理解其实都是一码事。有时候女人要的反而就是男人那一刹那的冲动，这一刹那的冲动是一种绝对力量的象征，女人会获得被征服的快感，并把这快感沉进心底，直至衍化成一种爱意。那晚，在他行将冲锋的时候，在世界即将毁灭的瞬间，我仿佛看到，在一片浩瀚无边的大海上，盛开着一簇簇火红的珊瑚花。这说明，我已经沉落进海底之中了。

在项天看来，这近乎天书。但眯眯显然还沉浸在那晚史无前例的身体与情感的搏杀之中，展现着一片美丽草原上原始的弱肉强食。项天能想象到的画面，怕也只有赵忠祥的动物交配世界。只听眯眯喃喃地说，他懂得女人。他很会欣赏。他欣赏我的身体。欣赏我的乳房。甚至欣赏我的每一寸皮肤。在我拥有久违的战栗之后，他也拿走了属于他的那一份记忆。

项天沉吟半天，说，祝贺你，你终于找到爱情了。但你不觉得有失草率吗！

眯眯说，爱情是最美好的，这一点相信你和我意见相同。不过，如果每一桩爱情都那么循规蹈矩，这世界该少了多少情趣啊。我和他一起去过凤凰崖，我们一直待到很晚。那晚，满天的星斗，一地的星光，是一个童话般的世界。他到底帮我把公盘给推下去了。你猜怎么着？那公盘从山上冲下去，不偏不倚，咔嚓一下，严丝合缝地覆在母盘上。一盘千古石磨就这么神奇地再生了。

项天笑笑，问她，你亲眼看到的？

眯眯有些不好意思地说，不是，他下去得比我快，待我下去的时候，磨盘已经复合了。

项天没有说话，眯眯却仍然高兴，说，我的琵琶呢，来，我给你弹一曲。

不等项天回答，曲调已经响起。

春江花月夜。

有些醉。也有些清醒。恍惚中，项天心下迟疑，这真的是一个充满了花朵的夜晚吗？

9

武强在一个雨夜敲响了项天的门。确切说，是闵繁浩的门。闵繁浩的别墅。这一段，闵繁浩忙大卖场的生意，一直住在大卖场里面的商人村。他那边有另一套房子。项天看到是武强，说，住在哪儿你也能找到。武强说，我是干公安的。警察作风，武强并未拐弯抹角，而是直截了当地说，迟德开死了。

项天说，听说他吊死在了柳梢头路的一棵柳树上。柳梢头路曾是一条鬼巷，看来这传言不虚。

武强说，治安探头显示，这天晚上，一辆垃圾车在小苹果会所门前稍事停留后，从女贞路穿过劳燕路，然后拐上了柳梢头路，在一棵高高的垂柳树下装模作样地收完了一桶垃圾后，就开走了。车一离开，发现迟德开已经被挂在了那棵高高的垂柳树上。我们是在收完迟德开的尸体后，才接到市政有一辆垃圾车被盗的报案。这显然是一桩谋杀。

项天说，他不死又能怎样！

武强说，迟德开不该死。

如果他不该死，那谁还该死！

我的意思是，他死的不是时候，早了点。

你是想让他祸害更多的人。

武强说，我们很早就已经盯上他了，可是有一个大案子刚刚挕到他这儿，他就死了。显然他只是一个牺牲品。问题是你曾经在那个雨夜去过他那儿一趟，那时的他已经风声鹤唳，我们不明白你为什么选在那个时间去他那儿，是他约你去的还是你自己想去的？我更想知道的是，你们谈了些什么？

项天说，你们监视了我！

不是监视你，而是监视他。

既然你们已经监视，为什么没能保护住他？

武强说，那辆垃圾车几乎每晚那个时间都会出现在那儿，一切表现得很正常，并未引起警员们的注意。

项天说，说来迟德开也就是伊甸的一堆垃圾，要不怎么会被垃圾车拉走呢。平时他附庸风雅，喜欢画画，画什么女贞树、柳树，好了，到底被人挂在柳树上了。

武强说，在那么大的压力下，他竟然没有选择自杀。

项天说，因为他的罪还够不上死刑。

武强看着项天说，看来你对他并不了解。你们看到的可能只是他超低价拿到了小苹果这块地儿其中的猫腻，甚或是小苹果内黄货满盈。以你们的说法，伊甸商贸城和伊甸物流园是什么夏娃伸开的两条腿，好嘛，那么小苹果正好在两腿间的私处，他犯桃花命已是在劫难逃。

项天听师妹采菱儿说起过，武强只对福尔摩斯感兴趣，他并不关心什么夏娃还是秋娃。现在看来，也并非全是这样。

项天的确在那个雨夜去小苹果拜会过迟德开，当时他宽大的办公桌上已经空空如也。他拿着一个已经咬了一口的苹果，正在那里把玩，愣是充东方乔布斯。但项天去的目的，只是想跟他求证或者说交涉关于一个女人的事。其实，在伊甸电视台经济频道做副总监的采菱儿也早已被他收下，这事项天早就知道，只是武强不知道而已。因此项天说，我跟他并没有什么关系。

武强说，这我知道。

那你大雨天的跑来……

想跟你谈谈眯眯。她，你不会说也不熟吧。

当然，我们是同事。项天说。

单纯同事吗？我可听有人反映你们关系密切，甚至很有些暧昧。

这事应该不归你管！

武强说，但她介入了伊甸一起最大的毒品案。

项天感到惊讶，随之说，这绝对不可能，我敢给你保证。

你拿什么保证？我问你，她最近是不是跟一个外地人联系频繁。

项天一听，说这事不新鲜，眯眯正在谈恋爱，那人是他男朋友。

你见过他吗？

只在一天夜里远距离地看到过，没留下什么印象。

那你应该见见。

我见他干吗？

武强说，因为那个人除了发型之外，其他跟你几乎完全相同，你们两个完全可以互为翻版。外人有可能会把你们两个弄混，但我不同，我跟你太过熟悉，他瞒不了我。

听采菱儿说起过，你很会讲故事，也很擅长推理，你是不是把平常的生活统统看成了案件？

武强说，这没什么好奇怪的，难道你不觉得生活本来就是一个谜团套着另一个谜团吗？其实，我们警察的工作说来很单纯，就是尽可能地让生活少一些故事，多一些平淡。如果生活中的故事过于精彩了，可能就有问题。

项天心想，看来人的身份不同，思维也就慢慢不同了。对眯眯来说，她似乎一切的努力都是想让平凡的生活变得不再平凡。无聊的生活一定会让她窒息。可要说是毒品，她怎么可能与它沾边呢！这没什么好玩的。不过项天回想起，有一次他和眯眯在你侬我侬咖啡屋小坐，恋爱中的眯眯坐定后就褪去呢子外套，露出了桃红色内衣，一派小女人的样子。当时夜幕正在降临，伊豆河两岸的灯光渐次亮起，水面上荡漾着暗红的灯影，仿佛整个伊甸都被温情和静谧所包围。眯眯主动给他说，哎，你知道吗，他的生意已经开始了。项天问她，落到哪个市场了？眯眯说还没落下，我以为他是做什么大生意的呢，只不过是做化妆品的，当然在化妆品上已经做得很大。他说一时落不下也不要紧，可以先点对点直销着，一样，合适的时候再落不迟。当时项天好像还问，点对点直销？是啊，平时我也帮他外送。项天说，今天你该把他也叫过来，一起认识认识。眯眯忽闪着猫眼说，还是不叫的好吧。项天问怎么了？眯眯说因为我跟他说起过你盯梢他的事，他听到后好像很烦，而且反复向我打听你的情况。

这些对话当时觉不着什么，现在回想起来，项天觉得是有些问题。

武强说，你能想到吗，她帮他外送出去的根本不是什么化妆品，而是……这里面有一青洗浴城的老板苗一青、按摩女笑笑、小苹果的迟德开……

迟德开怎么会要化妆品？

武强说，他是以会所里小姐们的名义要的。

项天问武强，你怎么能那么确认这个案子的性质？

这事说来话长。我先是因为采菱儿的事注意到了迟德开……

采菱儿？那么说你知道采菱儿和迟德开……

武强说，你要知道，我是警察。不过，我可能没有你想象得那么高大，我发现采菱儿的事后，第一个想法就是想了解一下迟德开的底细，你想再没把柄抓他个聚众淫乱应该不成问题吧。不想真正深入了解下去之后，一条重大的线索却冒了出来。案情已经远远超越了私仇，不为采菱儿我也会把这条线索挖下去。我从警校毕业后，可以说默默无闻多年，等待这样的机会我已经等得太久了，我必须要做一件大事。

采菱儿跟我说过，你一直有着英雄的情结。

武强说这可能是我们公安人的通病，然后继续说，伊甸这些年，经济发展太快了，但治安情况还算可以，特别是毒品，过去从未在伊甸露过头，这也是我们伊甸警方一直引以为豪的。但后来有了，那么它们是从哪儿冒出来的，又是从哪儿向外扩散的呢？还有没有别的地我不知道，但小苹果肯定是其中一个重要的扩散源。我从小苹果继续往上捋，就捋到了一青洗浴城苗一青那儿。再捋，就捋到了眯眯。眯眯，一个单身女孩，竟住着一套位置极佳的别墅，那么她的钱是从哪儿来的呢？而且她行踪诡秘，神出鬼没，常常深夜之间在青石巷里晃来晃去。我开始注意上了她，但没想到她却是一个反侦察能力极强的人，跟学过侦察手段一样。我想如果她不是从戏校毕业而是从警校出来，那她很可能会成为一个出色的女侦探。后来，我终于弄明白，眯眯后面还有一个陌生的男人。也就是说在伊甸，较高层的上线，应该就是这个人。

这么重大的事，你怎么肯跟我说？

你是采菱儿的师兄，我们信得过你，而且事情紧急，希望你配合。

项天说，那需要我做什么？

武强说，眯眯对自己的行为可能清楚，也可能还一直蒙在鼓里。本来，我们已经决定收网，可迟德开突然被谋杀，那个男人也瞬间消失了。这个时候，我们的人不便接触眯眯，这个工作只能由你来做，让眯眯联系他。

我怎么跟她说？

我想这个用不着我再教你了吧。从现在起，你和眯眯的行动都会在我们的监控之下。

项天说，用得着吗？

用得着。因为你跟眯眯的关系太过密切，你目前同样也处在危险之中。

10

项天临出门时想了想，还是把那把小腰刀带上了，尽管真遇到什么事时或许这个并不解决问题。

南青石板巷。敲眯眯的门。好半天眯眯才给他开门。

项天看到，茶几上摆着酒，但却没喝。项天说，怎么不喝？

眯眯的情绪似乎很低落。眯眯说，你抱抱我吧。

项天说，你已经有人抱了。

那么你觉得我是个好女人还是坏女人？

你怎么突然想起问这个。

眯眯说，因为我自己也拿不准了。你是不是觉得我很神秘？

有点。

可我自己认为我最敞亮，我心里什么也不藏，许多事情似乎都是被误解的。一个误解，两个误解，无数个误解，然后把这些误解摞到一起后，我就不可避免地被周围神秘化了。其实，我对生活要求很简单，只是不要太过于枯燥和平庸就好，所以我喜欢从生活中找乐子，而且渴望谈一场属于自己的恋爱。

你不是已经谈了吗？

眯眯凄然一笑。

眯眯的状态让项天感觉到陌生和惊心。

眯眯说，我想让你抱抱我并没别的意思，只是想让你闻闻我身上的味道。

项天说，第一次把你压在青石巷的石板上时，我就闻到了，一股淡淡的醉人清香。

你觉得好闻不？

那还用说，那是青春女人独有的气息。

眯眯说，可是，现在没了。

不可能呀？项天说着凑近眯眯。闻过后，项天却没有说话。

你知道这是怎么回事吗？

项天说，这倒也好解释，因为你已经沾染上了男人的臭气。

眯眯说，你错了。因为我已经染上了艾滋病。

听眯眯这么说，项天竟没有表现出惊讶。眯眯继续喃喃地说，过去的我装扮入时，一身清香，在伊甸的夜色里玩尽了猫捉老鼠的游戏，因为我想让生活变得有意思些，但现在看来，到底谁是猫谁是老鼠还无定论。

看得出，眯眯对他所谓的男朋友已经有个大体判断。那么项天提前设计好的对话便用不上了，只好实事求是地跟眯眯说，是武强让我来找你的。

眯眯说，我明白我该怎么做。

项天想留在眯眯处，眯眯说，你也是一个被误解不断的人，留下来，你又说不清了。

出门前，项天把那柄腰刀摸出来，说这个你留着吧。眯眯笑了。两人似乎同时想到了第一次交谈的那个夜晚。生活真是诡谲，一柄小腰刀就跟开玩笑似的，一旦出现了就无法再收回。

眯眯问，你看我还漂亮不？

肯定漂亮！你很美，真的，你的猫一样的眼睛已经多少次穿透过青石巷的夜色。

眯眯说，其实，我是真的喜欢伊甸。

11

半夜里，武强一伙人敲开了项天的门。项天睡眼惺忪地起来，不知发生了什么事。

武强问，你把眯眯领来了？

项天说，我是自己回来的，你们的人应该会注意到。

我们是注意到你一个人回来的。可你回来大约两个小时后，又沿着北青石板巷往上跑酷，而眯眯也从南青石板巷出来，你们在街口会聚后就往这边来了，进了青龙山庄。大家以为你不放心，把眯眯领到你的住处来了。后来，我们突然觉得事情不对头，就赶过来了。

我一回来就躺下了。

武强说，明白了，那人真狡猾，他利用了身材与你相似这一点，学着你跑酷，把我们统统给骗了。

武强紧急安排，不能再等了，赶紧把苗一青和笑笑收了再说。

第二天一早，电话把项天吵醒了，抓起来一接，是采菱儿打过来的，一边哭一边说，你抓紧到市医院来。

项天去的时候，武强躺在急救室里，但已经没得救。凌晨在抓捕苗一青和笑笑时，武强被笑笑开枪击中胸部。面对一干警员，笑笑咬毒自杀。只剩下苗一青一个活口。

由于抓捕时，武强对外公开的名义是聚众卖淫，所以在审问苗一青时，她坚称自己是老板，至于洗浴城里的这些女孩子是否跟顾客发生性行为，她并不知道。

在警局对案情进行复盘的时候，项天突然想起，有次在外面醉酒，回到北青石板巷时仍然酒意浓郁，他就没急着进青龙庄园，而是沿青石巷一路往上，晕晕乎乎一个人在暗夜里登上了凤凰崖，在一块大石头上坐下来。按说这个时候凤凰崖上不会有人，但他却看到不远处仿佛有个人影一闪，而且那人影不是别人的，分明就是我自己的。嘿，是自己醉酒还是遇见了鬼？现在看来这两者都不是。因此，项天给警方说，我有个感觉，凤凰崖肯定有问题。

警方对凤凰崖进行了地毯式的搜索。确实，在一块峭石下，发现了一个小小的洞穴。峭石之上全是树木和花草，洞口十分隐蔽。警方从洞里搜出了还未发送出去的毒品。

那么眯眯呢，她好像突然就从这座城市里消失了。

弹跳、侧蹬、空翻、身体腾空，划出弧线，倏忽落地，借力反弹。项天从内心其实已经失去了对跑酷的兴趣，而且感觉青石巷明显向他袭来阵阵寒意，但他却固执地以这种方式，期待着一个奇迹的发生，那就是在灯影恍惚的青石巷，眯眯会突兀地从街口闪将出来，让他措手不及，于是裹住她，一同滚落，一同嬉戏。他和闵繁浩曾经用网把她像一尾鱼一样从青龙渠里捞上来，她可以做出鲜美的鱼汤，她还可以弹奏出琵琶的古韵。她能把强暴描绘成爱情，她能把勾引诉说成美好。她能被上司压到办公桌上波澜不惊从容应对，她能与毒品贩子展开谍战又同床共枕。她能用一半的真实遮蔽全部的谎言，她也能用一半的谎言遮蔽全部的真实。眯眯绝不是一个谜，她是一个鲜活无比甚至有些可爱的女人。但她的确又是一个谜，是一个无法解开的社会之谜。

其实，眯眯不会回来了。警方不仅从洞里搜出了那个昆明人还未发送出去的毒品，而且也发现眯眯已经在这个洞穴里被害了。这一切项天都知道，只是他始终不愿意承认而已。

第二部 清 欢

1

深夜，突然有电话打进来，项天一看，是纳小米的。这个时间她打的什么电话！

深秋的夜，裹满了寒意，街上也透着几分萧瑟。偶尔驶过的车辆，卷起一阵阵风。在女贞路一角，项天找到了纳小米。纳小米蜷缩在昏黄的灯影里，长发披散下来，遮去了大半个脸。

项天涮她说，闹鬼呢这是。

纳小米说，可不闹鬼咋的。

长长的街巷，两侧的女贞树一字儿排开。这显然是女贞路，而不是柳梢头路。过去的柳梢头路曾是伊甸有名的鬼巷。

出什么事了？项天问。

没出什么事。

那干吗大晚上一个人跑到大街上？

纳小米说，我从我姐家跑出来的。

跟你姐闹别扭了？

没有。我姐不在家。

你姐不在家？

她已经走了一年多了。

去哪里了？

那谁知道！纳小米说。

那就是说你姐是离家出走喽。

可以这么说吧。

项天不明白。你姐不在家你到你姐家干什么？

我姐留下了一个两岁多的孩子。

你帮着照看？

是的。

项天说，那这跟跑出来没关系呀。

怎么没关系？我姐夫……他已经不想让我做孩子的姨，而是几次三番地想把我变成孩子的妈。

这事你应该严肃地给家里说。

没什么好说的，我早就看明白我妈心里也是这么想的。

啊，是这样……那你今晚怎么办？

我也不知道。

事情来得突然，也有些棘手。项天掏出一支烟点上，红红的烟头在冷清而又昏黄的大街上，明明灭灭。在他和纳小米站立的地方，正是女贞路上那棵粗大的女贞树。这株树在一场台风中，曾被扭掉一棵大枝子，至今新树枝还没有长出来，树冠上开出一个大洞。几年前，项天跟莫若兰也是站在这棵女贞树下，他们仿佛就是穿过树冠上的这个大洞，走进了婚姻。

一辆警车开过来，在项天跟前戛然而止，吓了项天一跳。车上下来两个人，打首的是武强。武强看到是项天，说原来你啊！我们是例行巡逻。没什么事吧？

项天说，没什么事。这是……项天想给武强介绍一下纳小米。

武强一看这情势，怕项天尴尬，不等他介绍，就上了警车，扬长而去。项天心想，这家伙肯定误会了。

纳小米问，谁呀这是？

项天说，我师妹采菱儿你认识的，她老公，一位敬业的警察。

项天望着远去的警车，把烟蒂用脚捻掉，说上车吧，我带你去个地方。

项天载着纳小米去了青龙庄园。

闵繁浩显然没想到项天会这么晚砸他的门，一边开门一边还在说，今晚不跑了。因为他以为是项天半夜睡不着又过来找他跑酷，他们两人已习惯了在夜深人静之时，在灯影恍惚的青石巷里，弹跳、侧蹬、空翻、身体腾空，划出弧线，像两个幽灵，互相追逐，上下翻飞，轻捷如燕。直至打开门才发现，项天身后跟着一个长发披肩的女孩。

闵繁浩看看项天，再看看纳小米，嘿、嘿……惊讶得直接没说出话来。

项天也没客气，说穿上衣服，把钥匙留下。

你让我去哪？

项天说，你去商人村吧！

闵繁浩摇摇头，回转身，穿衣服去了。项天和纳小米站在门口等他。一会儿，闵繁浩出来，出门就往外走。项天说，钥匙！

闵繁浩头也没回，手一扬，钥匙越过他的头顶飞过来，项天接了。闵繁浩一边走一边嘴里嘟囔着，因为声音很小，项天没听真切，大体意思好像是，钥匙？开你的锁去吧！

匆忙安置下纳小米，项天就跟着出了楼。项天原本想闵繁浩或许会在楼下等他，但楼前只有一片清冷的月光。

深秋的夜，此时霜重露凝。

2

第二天一早，项天就去了商人村。

商人村其实还有另外一个更加动听的名字：空中花园。

伊甸西部，方圆三十平方公里之内，是一片市场的汪洋大海。在这片地界里，几乎没有一座像模像样的住宅楼，所有的住户大多是和店面连在一起。商人村也是这样，下面三层全是店面，店面之上连成一片，成为第二层地面。市场管委在第二层地面之上，建起了一排排农家小院式的平房、小广场和绿地。车辆可以沿着旋转弯道上行，一直开到门前。

这些农家小院，建设得相当考究，院子不大，但房屋特别宽敞，豪华装修之后，起居舒适，而且安全设备也很齐全，每户都装有监控，院门内外的一行一动，在房内便可一目了然。

项天停下车，刚要按门铃，门"咔嚓"一下自己开了。说明闵繁浩已经在里面看到了他。

闵繁浩冲了两杯咖啡。

品着咖啡的时候，项天说她叫纳小米。

闵繁浩说，不用给我说名字，我知道她是个女人，这就已经足够了。

虽然闵繁浩不想听，但项天还是把纳小米的情况简要说了一下。闵繁浩说，你就说你什么意思吧。

我的意思是，她可能需要在你的房子住一段时间。

闵繁浩问项天，你们什么关系？

没关系。

那你可得想清了。

这还有什么想清想不清的，我只是想咱们帮帮她呗，因为她一时没地可去。

闵繁浩说，哎，别扯上我，什么叫咱们，咱可说好了，出了事都是你的。

项天说，好好好，我的。

闵繁浩说，我早看出来了，你一身的小资产阶级情调。

项天笑了，拉倒吧你，这和哪个阶级有什么关系！

既然这么定了，项天就想把临时安置问题去给纳小米说一下。

项天去青龙庄园。敲门后，门只开了一条小缝，项天说是我，推门就进去了。回转身的时候，才看到纳小米竟然只戴着胸罩。项天说，干吗呢这是，快穿上衣服。

衣服？这不在这儿呢！项天进门前，纳小米正在洗，项天看到她两手还沾着泡沫。纳小米说，别的我还没来得及往这拿。

你还想在这儿长住啊！项天边说边脱下自己的外套，说先穿上这个吧。

纳小米穿上项天的衣服，整个儿大了一圈。嘿，哥们儿！纳小米做了一个十分男孩的调皮动作。

纳小米放着音响，屋子里回荡着歌声。

　　黑黑的天空低垂

　　亮亮的繁星相随

　　虫儿飞虫儿飞

　　你在思念谁

　　天上的星星流泪

地上的玫瑰枯萎

冷风吹冷风吹

只要有你陪

虫儿飞花儿睡

一双又一对才美

不怕天黑只怕心碎

不管累不累

也不管东南西北

项天说，关上关上，太吵了。

纳小米说，多好听呀！但还是不情愿地关上了。

项天看着纳小米，心想，还是年轻，昨晚的窘迫一转身就忘了。

晾出衣服后，纳小米神秘兮兮地说，你来。

项天随纳小米上了三楼。闵繁浩的三楼是一个多功能厅，一面墙壁
就是一块大银幕。纳小米说，昨晚我放了一个片子。

纳小米在宽大的沙发椅上坐下来，胳膊在沙发扶手上摩挲来摩挲
去，说真舒服，你坐坐看。

项天说，这个我早就坐过了。你现在是客居，怎么能到处乱翻腾东
西，三楼我都很少上来。他储存的这些片子你也愿看？不是警匪就是武
侠，打打杀杀个没完。

纳小米说，翻了半天，也没找到一个文艺片，不过是看着解闷而已。
这住别墅的感觉就是不一样哈。你这朋友叫什么？

闵繁浩。

什么关系呀你们，这么铁，你让他走他就走了。你把他赶出去，那
他住哪儿了？

商人村，他那边有房子。

他老婆在那边？

项天说，他没有老婆。

纳小米觉得不可思议，他都多大了呀，还没结婚！

项天说，这跟年龄没关系。

纳小米小声说，是不是有病啊？

听纳小米这么说，项天两眼瞅着她，没说话。看来男人只要不沾女人的边，那就是有病。甚至还有更流行的说法，禽兽不如。

纳小米说，我是说这么好的别墅，没有个女人是不是太可惜了。

可惜就可惜吧，要不也轮不到你住进来。项天说。

项天起身，顺着木质楼梯往下走，一边走一边说，你临时在这儿住一段也没问题，不过我的意思，你还是尽快跟你父母沟通沟通。

项天正待开门，纳小米说，你衣服不要了？

项天说，嘿，差点忘了。你的也快干了吧。

纳小米穿着项天这大一号的衣服，上面明显过于显山露水。项天笑了笑。纳小米说，别看。临脱，纳小米忽然说，我给你讲个段子怎么样？

你还会讲段子？

纳小米讲了这样一个段子，说有个官员，在大会上讲话，时值夏天，负责续水的服务员丝衫有些宽松，低身抬手间，春光外泄，恰被官员看到，一时恍惚，竟忘了说词。问身边的人：我讲到哪里了？有人悄悄提醒说您刚才讲到招商引资了。官员于是敲着自己的脑袋说：你看我这……你看我这……

这已经是一个老段子，在纳小米那里新鲜，到了项天这儿已经算是非常老旧。最后的关子是官员敲着自己的脑袋说：你看我这奶子，你看我这奶子！这关键的关子，纳小米却没好意思"卖"出来。

纳小米讲完，看着项天，你怎么不笑啊？

项天故意逗她说，你还没讲完，我怎么笑！

切！纳小米到外面收拾自己的衣服去了。项天跟出去，问纳小米，哎，今天我过来是干什么来着？

纳小米说，我哪知道，你自己好好想想。

接着这话，项天学着纳小米的样子，敲着自己的脑袋说，你看我这……，你看我这……

纳小米一听，一边脸红一边笑，然后把晾衣绳上的衣服呼隆一下拽下来，朝项天扔过去，滚！流氓。

问你一声，项天说，这些段子本都是一些无聊男人的编排，你是从哪贩来的？

纳小米说，是迟德开那家伙给我发的。

迟德开？

有一阵儿他就跟吃错药一样，一天到晚给我发黄段子。这个好像还不算太黄。

项天一听是迟德开，把已经拉开的门又闭上了，说你过来。纳小米问怎么了。项天说，你怎么认识迟德开的？

有一次，他招呼了一个场合，大家一起坐了坐。

他招呼的什么场合，怎么会招呼你去？

当时是采菱儿下的通知，也没说什么事，去了后才知道是小苹果的迟德开请客。去的人都是"小苹果杯"歌手大奖赛的参赛或者获奖歌手，说是要利用大家的空闲时间，组织一个礼仪队，遇到合适的商业活动，帮大家挣点外快。

礼仪队成立起来了吗？我怎么没听说。

很奇怪，那天一人给了一千块钱，之后就再没了下文。因为是采菱

47

儿通知的，我还以为会有你呢！那天好几个姐妹都喝高了。

你们一班女孩怎么也嗜酒如命？

纳小米说，别提了，那天的气氛一开始本来很闷，后来迟德开出了个题目，结果让大家都嗨起来了。

出的什么题目？项天问。

纳小米说，迟德开说他会用耳朵听字。一桌人都不相信，说这是人家刁大师的独门绝技，你怎么可能会？迟德开说，刁大师？你们说那个刁费啊，他不行！他只会用自己的耳朵听。姐妹们便问他，那你呢？我呀，我根本不用自己的耳朵。用谁的？用你们的。大家一听来了兴致，都想见识见识。迟德开说，那好，咱赌输赢，愿赌服输，以输赢论酒。姐妹们开始争着写字。迟德开宣布了一条，不好意思哈，用谁的耳朵听，得握着谁的手。有人提出异议，干吗还得握手呢？迟德开说，我还没练到无线接收。一听他说得也有道理。第一张字条写出来后，捏成了团儿。迟德开拿过去掂了掂，问谁写的？然后就让那个姐妹把字条塞到自己的耳窝里。迟德开握住她的手，眉头只皱了一下，就听出来了。看到这种情况，有一个姐妹从酒店里搬来了字典，翻出了一个三十多画的生僻字，想难倒他。这次还真把他给难倒了，半天也没听出来。迟德开说，看来只握手还不行。说着他的手就从那个小姐妹的胳膊往上将，来来回回好几次，都差不多将到脖颈了，愣是接收不到半点信息。不过，最后还是被他听出来了。

项天问纳小米，你也写了？

我也写了。但还没等轮到我，就已经有好几个人醉了，现场乱成一团。可惜了，我写的那个故意别别扭扭，他听的话保准能让他输。

项天说，你们这些女孩，一个个真是胸大无脑。迟德开不是说他还没练到无线接收吗，那我现在已经练到无线接收了，十米之内，我保准一听一个准。

纳小米不信，你有这本事？吹吧。

咱可以试试啊。

纳小米找出纸、笔，背过项天，开始写。

项天说，不过，咱也得来个赌头。

好啊，你说赌什么。纳小米埋着头一边写一边说。

项天说，如果被我听对呢，你脱衣服，听对一次脱一件，直至脱光为止。项天故意逗她。

纳小米说，那你要是听不出来呢？

项天说，我听不出来，一次便全脱。

纳小米说，谁稀罕你脱！这样，你要听不出来的话，在这儿住多长时间由我说了算。

可以呀。

纳小米很自信，一手捏着写好的纸团，一手与项天击掌。好，一言为定！

项天说，我看看你团好了没有？纳小米在写字的时候，项天已经自己团好了一个纸蛋儿。这会儿一经手，项天便调了包，嘴里却说，你团得这么结实，这是不打算让我听出来呀。

听项天这么说，纳小米很得意，身子拽了拽，便找合适地方放。最后跑到厨房里去了。

项天故意说，超过十米了，这已经超出我的能力了。

纳小米煞有介事地用脚量了量，霸道地说，没有没有，还不到九米呢！

好，你说九米就九米。项天瞅她在厨房里忙乎的时候，已经捻开纳小米的纸团儿，看到她故意别别扭扭地写出了一个"纳"字。

纳小米回到客厅，眼瞅着项天，等着他"听"。

项天卖关子，说我得先吃个苹果补充补充能量，要不恐怕很难听出来。纳小米越是听项天说有难度便越是兴奋，说没事没事，我来。纳小米在那儿给他削苹果。

项天一边窃笑一边装模作样地吃苹果。苹果吃到一半的时候，项天说，好像是七画。

纳小米一听，赶紧拿手指在掌心里比画，比画完，一愣。

项天慢吞吞地继续说，左右结构。

纳小米跟着就做出了一个很萌的表情。

里面还有一个"人"字。

项天最后说，你去拿过来吧，是"纳"。

纳小米去厨房里拿，结果半天也没拿出来。怎么回事呀？项天跟过去，看到厨房的窗子开着。纳小米说，我怕被你听出来，把纸团放到了外窗台上，没想到纸团被风吹走了。纳小米扒着窗台往窗下看。

纳小米由于太认真，把功课做过了头。看来纸团一准是被风刮走了。按戏法程序，应该是纳小米把纸团拿过来，不能让她自己打开，那样便一切露馅。必须先要到自己手中，说我得吹一口气，别让"听"好的字跑了。这一过手，把包再调回去，然后让纳小米自己打开，那便是见证奇迹的时刻。但纸团既然被风刮走，这套程序已经用不上了。项天赶紧把调包过来的纸团塞进裤兜。但这一来，纳小米有了借口，坚持说她写的根本不是纳，而是项。而且说，你输了，你必须承认你输了。

项天自然不会跟她犟。纳小米高兴地说，咱说定的，住长住短这回我说了算。

纳小米已经换上自己的衣服，自己的衣服穿起来自然要更加得体，青春的气息透出来，一个年轻女孩的美丽和清秀便一览无余。项天说，不错，挺漂亮。

纳小米也没客气，那还用你说！那天迟德开看着我们一桌的国色天香，说咱这小苹果会所为什么要开在女贞路上？大家问为什么呀，迟德开说，就是因为你们这些小鲜肉一株株挺拔秀美得像女贞树。

项天一听，说，完了！

纳小米说，你啥意思，他这比喻难道不贴切吗？

自然再贴切不过。

那不就得了！

问题是，项天说，迟德开现在天天在画女贞树。

他画女贞树跟我们有什么关系！

按说没关系，可他每画一株，都会在树旁标注时间，有的甚至还标注上了姓名或昵称。

纳小米不解。

项天说，不懂了吧？那我告诉你，很简单，每画一株，就说明他又多得手了一个女孩。他画女贞树，哪画的是树，而是为了记录他的猎艳史、性爱史。

纳小米一听睁大了眼睛，说天方夜谭也这是，你说得准不准？

嘿，他画的这些树早已在我面前显摆过，好像有二十几棵了吧，他的初步目标是一百棵。照这样发展那我觉得他的目标定得也太低了，可能用不了几年他就能整出一片森林。

纳小米说，真是奇闻！

所以，当初我就怀疑他出资举办"小苹果杯"歌手大赛的动机。他绝对是为猎艳做准备，成立什么业余礼仪队之类全是幌子。

有这么严重？

项天说，我可以肯定你已经上了他的黑名单。

纳小米说，去！

你想不想知道目前他那些树画上都有谁的名字？

谁的？

别的咱先不说，我也不认识，但有一个人我可以告诉你：菱。

采菱儿？纳小米一下捂了嘴。不会吧，她老公可是警察，迟德开就不怕让他给逮了。

项天说，武强天天忙得跟龟孙一样，他哪知情。问题是我怀疑那晚你们同去的姐妹中，保不准现在已经有人变成女贞树了。

纳小米摇摇头，又点点头，迟德开这人怎么这样啊！

项天说，我们过去在同一条巷子里待过，画家明公早就给他起了外号，虫二。

啥意思？

繁体"风月"二字去掉边呗。而且明公用他习惯的四字减为三的说法就是：不是东（西）。他的小苹果会所开起来后，我进去过，整个一团腥酸味，所以我又重新给他起了个诨名：荷尔蒙。我们都不叫他迟德开，而是叫他老何。

纳小米听项天这么说，笑了，并向项天竖了下拇指。

项天说，他只给你发发黄段子还算好，等什么时候不给你发黄段子而是直接把你画成树，我看有你美的！

纳小米抓起茶几上的电视遥控器往项天的身上摔，说垃圾！

项天说，你别恼，迟德开可有个伟大的理论，说只有好色的男人才能干大事。一个男人如果守住老婆过一辈子，不开半点花心，注定不会有多大出息。敢偷情的男人，才敢于打破常规，没有征服女人的果敢，哪来征服世界的欲望。只有在征服女人的过程中，才能真正检验出一个男人智商的高低。只要你敢于偷情，善于偷情，早晚能把一个世界偷回来。

纳小米说，你闭上嘴好不好，简直是疯子！

项天说，不过我仔细琢磨，他这些话好像也不是全然没道理……

纳小米看项天一副很认真的样子，说你这人完了。

临出门的时候，项天从裤兜里掏出了一个小纸团交给纳小米说，刚才，其实你输了。

纳小米很惊异，被风刮走的纸团这会儿怎么会在项天的裤兜里？于是一脸狐疑地把纸团展开，上面是她故意别别扭扭写出来的一个"纳"字。

项天往外走，纳小米想拉住他，哎哎，你先别走，你给我说说这怎回事。

项天没理她，走出了楼口，听到纳小米在他背后说，哎哎，神了，真是神了。

3

项天是因为"小苹果杯"歌手大奖赛认识纳小米的。在伊甸电视台经济频道做副总监的采菱儿，从迟德开那儿拉来一大笔钱，组织起了这个活动。活动学着央视的青歌赛，照葫芦画瓢，也设了综合素质考核这一块。项天虽然是学经济的，但却因为到伊甸大卖场做调研，几本鲜活的素材被闵繁浩偷偷替他改成了纪实长篇《经商记》，从而以艺术人才身份进了伊甸文化宫，采菱儿于是力邀项天出任综合素质考核评委。综合素质考核这个环节是进入决赛时才有，所以等项天出面的时候，选手已经只剩下十二位。决赛全程进行了电视录播。

节目播出后，让项天想不到的是，作为辅助环节的素质考核却大为出彩，甚至盖过了演唱本身。因为一些文化考题，虽然并不深奥，但选手因为积累不够，便回答得五花八门，甚至笑料百出，给比赛增添了趣味。比如，要求选手对出"两岸猿声啼不住"的下句，回答却是"一行白鹭上青天"。比如，要求至少说出"唐宋八大家"的其中五人来，有人却把唐伯虎也给塞进去了。纳小米进入了决赛，她抽到的是一个历史题，题目有两问，一是说出我国珠算发明家是谁，二是简要说明珠算发明的意义。项天手头的资料上，纳小米的单位是伊甸中国银行，那么抽到这个题目应该是她的幸运，因为市里的珠算协会设在人民银行，各专业行都是集体会员单位，他们经常组织珠算比赛，所以回答这个问题对她来说应当不难。但她的回答却很不理想，不仅把发明者刘洪说成了蒙恬，而且意义也基本没答上来。项天在评点时，多加了一句调侃，说珠算的发明其实意义很大，有人甚至把刘洪看作是现代计算机的鼻祖，结果引发了观众席的一片笑声。纳小米的演唱分不算低，素质考核分丢得有点可惜，两下里一扯，只得了个优秀奖。

作为唯一一个一等奖的奖品，是一辆轿车，就布置在比赛现场，停放在舞台一侧的小地台上，前边缠着红绸，一圈拉着不锈钢小立柱。比赛一结束，便被得主喜洋洋地开走了。开赛前，项天就听说有好几个自认为有实力的选手都是带着司机来的，但此时只能讪讪地空手而归。项天是自己带车过来的，上车时，那个叫纳小米的选手跟过来，喊了一声项老师。

项天问，你叫什么来着？

女孩说，纳小米，唱《珊瑚颂》的。

噢，项天想起来了。你唱得不错啊。

纳小米嗫嚅地说，能不能向您要一下所有素质题的题目和答案，我想回去再看一下。

项天从文件袋里找了半天，比赛进行中稿子已经翻得很凌乱。项天说，回头吧，回头给你发一份电子版。

纳小米要了项天电话，说我把我的邮箱发你。

项天上车后，纳小米还站在那里，项天顺便问了她一句，哎，你怎么走？

我是朋友把我送过来的。

项天开玩笑说，不会是你也专门带着司机来开那辆车的吧。

纳小米说，哪敢那么想，朋友送我过来后就走了。

你住哪儿？

气象局家属院。

项天说，正好顺路，要不我送你一程吧。

纳小米不好意思地上了车。在车上，项天又说起了纳小米所获奖次有点可惜之意。纳小米说，其实我已经超水平发挥了，这如果是我姐来的话，那辆车指定就是她的了。

那为什么你们姐妹不一起来啊？

唉！纳小米叹口气，却没接话，头偏向窗外，看着一盏盏一闪而过的街灯。项天见此情景，就没再往下问。

气象局家属院很快就到了。

4

闵繁浩给项天电话，在哪儿？

三品茶斋。

你在那儿干嘛，不是说好今天出门的吗？此前两人已约好要去深圳。

项天说，我这边有点事，你走时从这儿接着我就是。

项天约了纳时在三品茶斋小坐。纳时是纳小米的爸爸。因为项天看

55

得出来，指望纳小米主动跟家人沟通，指不定到什么时候，那么在青龙庄园，她住个十天半月还行，时间长了总不是那么回事，而且让闵繁浩又怎么说！

项天跟纳时并未正式见过面，有时跟纳小米一起参加场合时，纳时给纳小米打过电话来，听到纳小米都是说，你放心吧爸，我跟项天在一起呢。说明纳小米在家里曾经提起过他，而且只要说跟他在一起，好像就是最安全的。记得有一次，他送纳小米回家，纳时正好在楼下，纳小米介绍说，爸，这就是我常给你说的项天。不过，当时是在灯影里，两人只打了一下照面。

项天突然相约，纳时一时也不知项天何意，但隐隐约约觉得应跟纳小米有关。

冲好茶水后，项天说，是……纳小米的事。

纳时拿不准是关于纳小米的什么事。项天说，纳小米这两天从她姐家跑出来了。

跑出来了？

前两天，已经很晚了，她给我打电话，我只好临时帮她找了个地方，先住下了。

她是不是跟你说了些什么？

项天没否认，说我知道一点。

纳时闷声喝了会儿茶，这才开了口。唉！说来也不怕你笑话，都是她妈糊涂啊。可我也心疼我那个外孙不是。小玉她就是不回来了，找又找不到，你说怎么办？

项天知道了纳小米的姐姐叫纳小玉。

小米跟你说的也没错，小玉这孩子确实很有音乐天赋，从小就参加一些音乐训练班，对她们姐妹俩外人不太容易分别出来，其实小玉长得要比小米还要漂亮一些，论性格两人就大不一样了。小玉做事有主见，而且心劲儿特别高，她给自己定的目标就是要成为一名歌星。其实，这都是让现在的电视节目搞的，把这些孩子的歌星梦给勾了起来，全社会都在追星，你说这是什么事！我跟她妈觉得吧，她这样的目标太不现实了，所以就张罗着给她找了个人，嫁了。听说，背地里她大哭了一场。哭归哭，我们想只要有了孩子她就踏实了。后来，孩子是有了，可她那歌星梦却没灭，孩子还不满周岁，她就不辞而别了。去年，小米她是瞒着我们去参赛的，我要知道，坚决不会让她去。

项天说，纳小米其实唱得也挺不错的。

纳时一摆手，我现在一听说女孩学唱歌，就头疼。

项天说，其实，现在的事也难说，当父母的也应当看得开。我中学时有个同学，没考上学，后来在各个剧组里晃荡，现在已经演了十几部影视剧，搁这部里是青帮，到了那部摇身一变就成了地下工作者，前不久还出演了民国总理呢，像模像样的，我看着都好笑。最近听说在一个大腕的影视公司里签了约，虽然大多时候还是在跑龙套，可也是真刀实枪地在荧屏上晃荡，哪天一不小心出个小名，成为名演也说不定。现在讲究的是，心有多大，舞台就有多大。这也不用说别人，我自己就是个例子。像我，还出过一本书呢，一共印了一百本，出版社留了六十本，到手只四十本，前一段竟有人找上门来要改编电视剧。说起来这不就跟笑话一样？这倒也正好应了时下的一句话，一切皆有可能。

她能有什么可能！纳时指的肯定是纳小玉。

项天问，她走后你们就没找吗？

找了，去了很多地方，也动用了很多关系，可中国这么人，你到哪里去找啊。我了解她，既然她不想让你知道，你找也没用，她也不会让我们找着。小玉在家里是老大，独立性强，生存能力没问题。现在，就看她自己的造化吧。如果她有那个命，哪天真成名了，自然也就知道了。

纳时又说到了纳小米，他叹口气，说小米这孩子在家也是娇惯坏了，单纯没得说，就是任性。

项天说，我觉得纳小米挺聪明，那次活动后借着她没答好题，我还提醒她要注意平时多看书学习，虽说唱歌凭的是嗓子，需要的是技巧，但展示出来也是一个综合素质。看书与唱歌看似两码事，其实是相辅相成的。

你提醒得很好，是这么个理儿。她现在在家里倒是像你说的，有事无事经常翻翻书，除了工作平常也很少出去。看出来你的话对她影响还很大，在她眼里一定是把你看成老师了。

纳时似乎把"老师"这一定位强调得特别突出，项天明白他的心思。项天只说老师不敢当，我也不过是年龄比她大点、读的书比她多点而已。

纳时说，你刚才说你临时给她找了个地方？

哦，是这样，青龙庄园，我朋友有套房子，要说还很豪华，不常住，她可以临时先住一下。好在安全没问题，这一点您可以放心。

5

项天和闵繁浩在深圳落地。下午，他们便去了康新集团拜见老总，集团办公室人员告知说，老总正接待日本客人。待老总与客人一同出来时，项天一看客人不是别人，竟是山田左。山田左也发现了项天。

老总说，呃，你们熟？

山田左说，当然熟的啦！

老总哈哈一笑，还真是有缘千里能相会。这样好办了，晚宴就安排在一起吧。

项天是在青岛小交会上结识山田左的。山田左不仅熟于商界，也是石刻鉴赏家和收藏家。刁费，人称石痴子，是伊甸有名的石刻大师，每年都上小交会。项天结婚前曾与费伯在同一条巷子里住过。在央视拍摄费伯的专题片时，曾把自己多年珍藏的一批经典作品悉数搬出，其中有一块三叶石作品，处理得非常精致，附着在石头上的三叶虫化石清晰可见。这些沉睡在地下数千年的虫身，在岩石的突然挤压变为标本之后，仍然保留着飞翔的姿势。它们仿佛是穿越时空飞进了小巷，飞到了费伯的作品里。这块石刻小而又小，一头粗厚，一头尖细，一手可握，中间的墨槽打磨得很光滑，项天便抄起来放在手中把玩，并且问费伯，这个是什么作品？

费伯吸溜吸溜鼻子，这个啊，到现在也还没起出个满意的名字。

项天在手里掂过来掂过去，看着中间光滑的墨槽，说这怎么就跟女人的小脚一样，前尖后粗，分明就是三寸金莲嘛！

半蹲在地上清点作品的费伯，一下就站了起来，从项天手里把石刻拿过去，自己在那里打量，然后说，年轻人，还是你的眼贼，金莲砚！这确是一方难得的金莲砚。

费伯那次上青交会，收获颇丰。因为项天推荐了莫若兰做翻译，他省心不少，接触范围广了，交流也多了。费伯这人很古怪，过去习惯一个人上会，因为语言不通，喜欢用手比画，人家伸一个巴掌本来比画的可能是五十万，结果他认为是五万。人家拿出五万，还不等再拿，他就热烈地跟人家握手。人家以为是暂收定金，他却已经交割完作品，再没了下文。费伯其实适合埋头创作，不适合直接经营。但这回他尝到了甜头，晚上项天去费伯房间的时候，费伯说，那方金莲砚这次我也带过来了，它在我手中已有数年，直到遇上你，才算有了贴切的名字，说明你们有缘，就送给你吧。

第二天约定自由活动。项天和莫若兰两人又去主展场转。项天并没把那方金莲砚当成多了不得的宝贝。金莲砚长约三寸，正好一手相握，项天像握着一个变形的康乐球一样，在会场上转悠。

一个日本人老跟在他身后，转完了几个地方，发现他还跟着。项天跟莫若兰说，问问他怎回事？莫若兰问了，给项天说，他想买你手里的小砚。项天说，告诉他，不卖。

莫若兰转告后，两人继续转，那日本人却继续跟。两人在快餐店里坐下来时，日本人也毫无避生地坐在了他们对面。日本人说了一串日语。莫若兰说，他问咱们是不是伊甸的。

他怎么知道？

他说，他知道这种石料出自伊甸。

大半个小时的交流后，项天知道他是日本一个株式会社的高层，酷爱收藏石刻，对这方金莲砚喜爱有加，愿以高价买下。

项天把金莲砚直接放到了山田左跟前。山田左望望项天，又望望莫若兰。莫若兰说，他问你收多少钱？

项天说，告诉他，不要钱，送给他了。

莫若兰转达后，山田左不敢相信，以为项天是在跟他开玩笑。项天说，交个朋友吧！我对石刻没有多大感觉。

没想到今天两人在此相遇了。

晚宴的气氛因为项天的加盟，十分热烈。

席间，纳小米打进一个电话，说我的事你是不是跟我爸说了？项天说，说了一下。

这事我来说就行了。

项天说，知道了。我这边有活动，先这样吧。

我爸让我回家住。

这事你不能回避，既然叫你回家我的意见你就抓紧回家。

纳小米扣了电话。

饭后，老总带着他们两拨客人去了夜总会，集团包了场。山田左发表了热情洋溢的演讲，并点了一曲《北国之春》献给从伊甸过来的老朋友。

项天翻着点歌本，点了一曲《珊瑚颂》，想回敬给山田左。

项天离席去洗手间，回来的时候，看到闵繁浩两眼直直的，盯着那个演唱的女歌手。

项天刚坐下，闵繁浩就问他，你是不是把她也带来了？

项天问，谁？

纳小米！

项天往台上一看，确实，台上的歌手不是纳小米还能是谁。

熟悉的身影，熟悉的红裙子，熟悉的歌声。几乎是纳小米参加比赛时的翻版。

项天起身，在僻静处拨通了纳小米的电话，你在深圳？

纳小米说，你说的什么话！我去那干吗。

项天说，我现在在深圳，如果不是你，那我敢肯定我遇见你姐了。

纳小米说，不可能吧，一定是你看错了。

节目一结束，项天便去了后台。结果后台人员说，歌手下来后，接了一个电话，妆没卸就急匆匆地走了，看上去好像有什么紧急事。本来安排她还要再唱两首的。

怎么会是这样！

第二天，项天与闵繁浩想单独请请山田左，山田左说，我来安排。这一次，因为是单独聚，项天喝得有点多，醉了。

项天从深圳回来后，第一时间联系纳小米。纳小米问什么事。项天说给你说说在深圳的情况，我觉得那绝对是你姐。

纳小米说，你这人怎么这么愿意管闲事，我们找了多少天都找不到，你随便出趟门就碰到了，你觉得这可能吗？说完扣了电话。

6

采菱儿约项天吃饭，地点也安排在了你侬我侬咖啡屋。因为只有两个人，采菱儿要了一个小包间。

小菜上来两盘，酒就跟着上来了，项天却没动，问武强呢？

强子他哪有这时间！

那么你请我……项天看定采菱儿。

莫若兰……采菱儿刚开了个头，项天就打住她说，咱今天能不能不谈她。

我原不知道你和莫若兰的事，我一直以为你们郎才女貌，关系挺好。那天她约我逛街，我跟她开玩笑说，现在的男人可没一个老实的，你得把他看紧了，我可是听强子说他半夜巡逻遇见项天跟一个女孩在大街上拉拉扯扯的。说完后，我知道自己说漏了嘴，不合适。第二天她就来找我了，跟我说，是有那么一个女孩，而且已经住进了闵繁浩的别墅。让我诧异的是，这样的事她却好像并不惊心。我问她，她的话让我很吃惊，才知道你们从结婚那天晚上起就开始分居。就因为她上海同学的事，你们至于吗？

项天说，这事你还是少掺和吧。婚姻的事谁能说得清，你能说得清你的婚姻吗？

采菱儿红了下脸，说我的……挺好。

项天淡淡地说，我曾在迟德开那儿看到过他画的女贞树。

采菱儿的脸反而不红了，那又怎么样，恋爱的浪漫过去之后，面对现实哪一个不得低下高傲的头颅，回归平凡的日子。

项天听她说"日子"，想必她曾经跟迟德开探讨过，因为迟德开对这个词有独特的解释：日子，日出儿子来，就是日子。什么过日子过日子，过日子说到底就是日。项天望着采菱儿，实在想象不出她怎么可能跟迟德开走到一起。迟德开曾跟项天说过，对付女人，如有不成，你只管拿钱当砖头去砸。那么采菱儿到底是自己勇敢地冲上去还是被钱砖头砸倒的呢？话说回来，自己勇敢地冲上去和被人家用钱砸倒又有什么本质上的区别呢！迟德开有一个结论，来到这世上的每一个女人，都天然地存在着明显的漏洞，你只管尽情地攻击即是。你说人生最大的成就和快感是什么？这就是。对这个迟氏理论，项天不敢苟同，却印象很深。不过项天又想，如今娱乐场所遍布城市，到处灯红酒绿，女人的初夜权已经像一把青菜一样叫卖，采菱儿的行为又算得了什么！

因此项天不想再多说什么，自斟一杯，然后给采菱儿也满上了。项天端起酒杯来一饮而尽。采菱儿看看项天，一下喝呀？

项天说，一下。

采菱儿的酒量当然不算小，但却很少这么喝过，偶尔整杯比拼，大都发生在拉广告的时候。有的老板故意要闹闹气氛，喝一杯可以多给几万块钱。这个时候一般是要拼的，最能拼的是她们频道的一个女主播，曾拼到过一杯一百万，放了全台的卫星。比起那个女主播来，采菱儿要逊色不少，她最多只拼到过三十万。

与采菱儿的酒喝得有点伤感。项天路过北青石板巷，在巷口停下来，坐在路边醒酒。他歪歪扭扭地走进巷子，竟看到闵繁浩别墅里的灯光依然亮着。

敲门。纳小米开了门。项天醉醺醺地问，你不是已经回家了吗？

纳小米并没有回答他，看他歪歪扭扭，把他扶进了客厅。

我在问你呢？项天盯着纳小米，发现她竟然跟自己一样，眼红，脸也红。

你怎么会是一边脸红一边脸白呢？项天感觉很好奇。

纳小米说，谢谢你！是我老爸给我画的妆。

项天醉笑，看来你挨打了。

沉默一会儿，纳小米说，你在深圳见到的是我姐。

那天，接到项天从深圳打过来的电话，纳小米一惊，没想到项天去深圳那么巧会遇上纳小玉。纳小米接到项天的电话之后，立即给纳小玉打了过去，姐，有人发现你了！

纳小玉问，谁？

项天。我原给你说起过的。

明白。于是，纳小玉辞掉后面的歌，匆匆走人。这也正是项天去后台找不到她的原因。项天说，你这是干什么？

我不想让我姐半途而废。

这么说，你和你姐一直有联系，并不像你爸说的那样到处找不到。

纳小米说，当然，因为我姐出走，我有责任。

你有责任？

当时，我姐两头放不下，心里的梦想放不下，生了儿子又放不下，一直很纠结。我始终认为，以姐姐的条件肯定能成功，她要成功不了，不光是她的遗憾，也是我的遗憾。所以我一直鼓动她，姐，你一定不能放弃。姐问那孩子怎么办？我说有爸妈呢，我就不相信他们能不管。就这样，是我帮她下定了决心。但没想到，爸妈以为真找不到她了，我妈就出了馊主意，他们不看孩子，让我去看。可他们也不想想，我怎么可能会嫁给我姐嫁过的男人，何况我姐正奋斗着呢！

项天说，既然这样，你为什么不隐瞒到底？

纳小米说，是我首先坚持不住了。有我爸妈的怂恿，我姐夫越来越肆无忌惮。再继续下去，我已经无力抵挡。我姐给我打电话，商量这个事，认为主要问题出在孩子身上。孩子在，父母的注意力就在，与我姐夫的关系就在，我就被拴着脱不开身。所以不如把孩子接走，只有这样才能一了百了。于是我就帮我姐把孩子偷偷接出去了，但这一来我也就彻底暴露了。因为孩子是我从幼儿园接的，这有幼儿园阿姨见证着，这足以说明我跟我姐是有联系的。我爸于是逼我交代我姐的地方，我坚决闭嘴，只字不说。因为我姐告诉我，她已经签约了一家公司，公司也正准备全力包装推介她，首张专辑马上就要出来了。我姐让我等她的好消息。这个时候，我怎么可能把我姐供出来呢？现在我姐夫天天上门催要孩子。

你完全可以公开出来，待你姐大功告成，然后一家人团聚，皆大欢喜。

难！

难？你不是说你姐快成功了吗？

纳小米说，其实，我姐每次打电话，都说她快要成功了，可没有一次有下文。这一次或许也是这样。

项天说，那你为什么还要相信？

我一直相信。直至相信到最后一次。但我也不知道哪一次是她的最后一次。纳小米叹口气，我姐出去了才知道难啊！她一开始先去了北京，发现北京原来就跟汪洋大海一样，比她大比她小比她条件更好的女孩，几万甚至十几万地挤在同一条路上，感觉自己连个小鱼小虾都算不上。

于是，她又转了上海，后来又去了广州，最后才在深圳安下来。有一回，她在电话里跟我哭，说明规则、潜规则她都挨着尝了个遍，现在整得年龄比我都小了，更不提结过婚这档子的事，只怕是将来她要倒过来喊我姐了。所以，她不太可能再跟我姐夫继续下去。她已经不是她自己了，已经无法回身了。

一边说，纳小米一边伤感。唉！我也不知道我是成全了我姐，还是害了我姐。看我姐现在这个样子，她就算成功了又能怎样，又能代表着什么！

项天说，看来你又要在这儿住下来了。

纳小米自我解嘲，真没想到，我成了一个住别墅的女人。

7

半夜时分，项天的手机突然大叫。这个深夜中的来电，紧迫、急骤、夸张、惊悚，它在飞速穿越时空的过程中，那种急迫的匆忙已将浓浓的夜色划了无数道伤口，零零稀稀的星光散落一地。项天猛地爬起来，外面月明星稀，影影绰绰，跟有很多人在走动一样。

电话是闵繁浩打来的，出事了，抓紧到青龙庄园。

接完电话，项天还在愣着，青龙庄园能发生什么事？闵繁浩又不在那边住，他打的什么电话？

项天想到了纳小米，电话打过去，纳小米那边竟毫无声息。项天于是抓起衣服，往车库飞奔。

项天到的时候，已经有两个小区保安在等他，看到闵繁浩别墅的大门半掩着。项天走进去，开了灯，客厅里一片狼藉。

项天迅速地上了二楼，进了主卧室。主卧室也是空空如也。伸手摸摸床铺，床铺上还有些余温。

闵繁浩一直在西部大卖场住，隔得远，随后一会儿才到。一到就问，什么情况？

人没了。项天说，现在怎么办？

闵繁浩说，先报案，再联系她家人。另外，你给武强也打一个。

青龙庄园就坐落在武强的片区，归女贞路派出所管辖。

很快，武强到了，一身鲜亮的警服，特别扎眼。

随后，纳时、纳小米的姐夫也到了。

武强仔细地转了一圈，很专业地说，绑架！

一听此话，纳时"扑通"坐到了地上。

怎么会是绑架呢，是谁闲着没事绑一个无缘无故的女孩？要说纳小米的姐夫绑了她，还有情可解，可纳小米的姐夫就站在一边。项天的大脑一片空白。

武强向两个保安询问情况。两个保安说，我们只听到一点小动静，便进行巡视，结果看到这套别墅半开着门，敲门也无人应，就跟业主打了电话。

闵繁浩说，人命关天，如果只是绑架，倒也没有什么，不过是钱的事。项天，你再打一下她的电话试试。

项天打了，关机状态。

纳时略有些清醒，让纳小米的姐夫搀着，颤巍巍地爬上二楼，一遍一遍地抚摸着纳小米刚刚盖过的被褥，嘴里只念叨着一句话，她上了哪，她上了哪呀？

项天不敢接纳时的眼神，因为他给纳时说过，安全问题，您尽管放心就是。

67

天快放亮的时候，项天的电话响了，一看显示的是纳小米的名。电话里是一个男人的声音，你是那个闵什么浩吧？

几个人都在愣愣地听。项天机械地说，我不是。

不是？哈，别给我们玩什么花样，抓紧准备五百万吧。

喂，喂……

对方把电话挂了。

武强说，只要出价了，就好说。你们都受了惊吓，可以先在这儿歇息一下。武强说完，匆匆回了单位，组织人员研究解救方案。

第二天晚上，案子就告破了。看来，公安对付绑架已经有一套很成熟的办法，所谓的五百万准备归准备，但也不过是一场罪恶游戏的道具而已。破这个案子有两个信息起了关键作用，一个是通电话时，里面风声很大，里面还有另外一个人的声音，这个人与通话人有一定距离，声音听不清楚，仔细回放，隐隐约约听到了一个"竹"字。第二个是与歹徒通电话的时间。

从第一次通电话的时间看，过了没三个小时，这期间，还要安置人质、商量要钱的方式等等，所以藏匿人质的地方不会太远。另外风声很大，说明地点很空旷。如果说听到的那个字真是"竹"，那么谷子山里面就有一片竹林。警方抱着试试看的态度，却把歹徒围堵在了那里。

项天见到纳小米时，精神和光彩已经全无，一句话说不出，显得有些痴呆。

纳小米的姐夫很不友好地说，你这乱子出得够大的了！

项天想反驳他，如果把事情往上捋，一下也就可以捋到他这儿。可现在去反驳他还有什么意义吗？

抓住歹徒后，公安连夜进行了突审，案情倒并不复杂。绑匪是三个人，两个外地的，一个当地的，都是在伊甸干活的农民工，眼看年底了，却拿不到工钱，这一年到头回家没法交代，就打起了歪主意。据他们交代，他们发现闵繁浩生意做得不小，手头很有钱，平常又习惯独来独往，于是反复踩点，想直接把他给做了。可是正因为闵繁浩习惯独来独往，所以日常生活没有规律，住宿也是一会儿东，一会儿西。要么就是外出，十天半月也见不着人。所以始终没有找到下手的机会。最近见一个女孩从他的别墅里进进出出，以为闵繁浩养了女人。这样他们又改变了策略，不再做他了。改为绑架女人做人质，逼迫闵繁浩交钱。

案情通报过来的时候，闵繁浩惊出了一身冷汗。在他别墅的三楼里，除了武侠片，就是警匪片，这些闵繁浩已经看得多了。这些本是警匪片中常见的故事，跟天方夜谭一样，没想到却实实在在地跟他发生起了联系。事情是冲着他来的，这一点显然已经没有任何疑问，不然人家绑纳小米干嘛！

绑架事件迅速在伊甸传播，并最终传播成了一则桃色新闻。不等项天的心情平静，单位的电话已经通知他，取消他入党积极分子的资格。

项天去单位，"砰"一声撞开了主任伊班办公室的门，把伊班吓了一跳，眼镜突噜一下差点滑到了嘴巴上。

项天拍着他的桌子，主任你什么意思？

伊班显然没想到，项天有这么大的底气。他把眼镜扶正后，慢吞吞地说，我本来是很有耐心的，一直等着你主动来做检查。

你想让我检查什么？

你说呢？

我没得说。

你没得说，那我来说。绑架是怎么回事？

项天说，我没被绑架。

是你没被绑架，可那个女孩被绑架了。

那女孩跟我没关系。

伊班问，怎么个没关系法？

那女孩我们只是认识，她家里发生了点情况，一个人跑出来住。一个女孩一时没地去，求助于我，我就帮她临时借住在了朋友的住处。歹徒以为她跟我朋友有关系，就把她绑了。所以说，这事是歹徒误会了。

伊班止不住地笑了，你是说歹徒误会了。歹徒还能误会！他跟谁误会！他们都是些什么人，都是做什么来的，还会误会！这么大的事，让你一说，听起来好像跟你一点关系都没有似的。

跟我就是没有关系！

伊班说，呃！你只跟她认识，然后就把她放到别墅里。然后歹徒就误会了？

是这样。

伊班把手里的报纸啪一下摔到桌子上，你这是在哄三岁小孩子呢？我如果这样跟你说，你信啊！

项天说，哎，你这叫什么道理，按你的理论，我天天带着生殖器出来，就必定是要强暴人了！你弄清情况了没有，就滥做决定，乱说一气。气头上的项天上前用力拖拽伊班。伊班说，你这是干吗、干吗？

好在摄影部主任郝岩正好到单位来取信件，听说项天正在主任办公室里大闹，赶紧跑过来强拉硬拖把项天拽出去了。

8

项天一直在琢磨，如何把纳小米被绑架一事说给莫若兰。这几天他一直没说，莫若兰也一直未问。莫若兰没问，不代表莫若兰不知道，她肯定也早已从街上的传言中什么都听到了。

项天说，有个事我想给你说一下。

莫若兰说，我先给你说个事行不？

项天不知道她要说什么。莫若兰拿出了一沓材料。我想出去待一段。

项天接过材料一看，原来是去日本留学，邀请人是山田左。这说明，自青岛小交会见面之后，莫若兰一直与山田左保持着联系。

项天问她，你……打算去多长时间？

莫若兰说，我也说不准。

商人村。项天的车沿着旋转弯道环环向上，一直开到了闵繁浩农家小院式的平房前。

门开着。项天走进去，一直走进正厅，却未见闵繁浩。喊了几声，没有。厕所里也没有。项天出来，站到了房门前。这回他看到了，闵繁浩正半蹲在房前葡萄架的水泥柱上。闵繁浩对这些水泥柱已经进行了处理，它们全部变成了粗大的古树桩的形象，下面爬满了葡萄秧。闵繁浩说，上来吧。

项天说，唉，你还有心思站桩。还是你下来吧。

闵繁浩跳下来。你看这葡萄的长势，多好！

项天说，关键是你脚下这些弄来的土珍贵。你这已经不是空中花园，而是空中菜园、空中果园了。

进房后，项天刚坐下，闵繁浩就说，她走了？

项天一惊，呃，你知道？

我当然知道。

她走前告诉你了？

没有。她告诉我干嘛。在深圳的时候，我就知道了。

深圳？

71

我看你跟山田左不是一般关系，所以突然有了一个设想，我向他咨询了相关留学事宜。你们的事就那么不死不活地拖着不是个办法，或许让她出去一段才是上策。所以我跟山田左详细谈了安排莫若兰留学的事。

既然如此，项天便不想就这个话题再往下谈。项天起身，踱步，在一张小型老板桌前坐下来。桌上散乱着几页纸，有个题目吸引了项天：《一个惊心动魄的夜晚》。写了半截，第一段还有点模样，后面就全乱成了一锅粥，再后面就是一些单词，女人、爱情、人生等等，最后面是一长串名字：伊淑花、伊淑花、伊淑花、伊淑花、伊淑花……

伊淑花是谁？

一个女人。

这我知道！伊甸的？

不是。

伊甸人不是姓伊的多吗？

那只是多而已。

你这啥意思？

闵繁浩说，也不知怎么回事，我突然就想到了她。因为她曾经骗过我，就是我刚开始经商的时候。

项天说，过去的不愉快还是忘记吧，因为你现在已经功成名就。

什么意思？

作为一个商人，有人要绑架你，说明你已经很成功。

闵繁浩叹一声，我其实突然觉得生活没了意思。一门心思挣钱挣钱，然后就是被人家绑架了，难道一切就这么尘埃落定？

项天趁机说，所以你应该选择一个女人。

闵繁浩盯着项天看了半天，最后还是说，算了，我不想跟你一样，搞得满身伤痕。

9

绑架事件当时对纳小米造成了很大伤害，但好处是并没有外伤，主要是受了惊吓，精神一时萎靡。在医院里观察了几天后，医生意见，没什么可治疗的，可以回家由家人陪伴疗养。

出事的那天晚上，纳小米身上正有些情况，比平常多了些睡意，所以很早就睡下了，而且睡得很放松。这一放松，就乱七八糟地做起了梦。不到半夜，她就醒来一次，对刚刚做过的梦，竟然记忆犹新，那差不多就是一个春梦，所以醒来后还在那里品味，心里暖暖的，泛起某种幸福感。当时夜已很深，小区的灯光昏黄地映在窗帘上。这一来，头脑清醒了不少，感觉没了睡意。于是干脆爬起来，下到一楼客厅，吃了一点水果。打开电视机，调小音量。结果频道转了好几圈，也没找到一个可看的台。这个时间段，有几个台播放的都是卖男性药的。卖男性药主持人却不是男人，反倒是一些很年轻的小女孩，看上去根本不像结过婚的样子，但却很娴熟地在那里说着男人那东西长短一类的话题。在客厅里磨蹭了一阵子后，才又懒懒地上楼，迷迷糊糊地睡下去。这期间，她似乎也听到了一丝轻微的声响，声响从一楼传来，慢慢地向二楼靠近。她当时还怀疑自己是不是仍在梦中。也许是那个梦的缘故，接着她又想，是不是项天这家伙悄悄来了，还蹑手蹑脚的，他要干什么，偷袭我？她反倒装作睡得更沉，静静地躺着，一动不动。心里还在想，什么时候等着你靠近了，再大喊一声，吓你个半死。

听到声响已经到了床边，连鼻息声几乎都能听见了，这时她才忽然感觉自己的判断可能有误，绝对不可能是项天，因为从鼻息声就能听出来，在她床边的并不止一个人。

当时，她浑身一惊，刚想翻身坐起，就扑上来两个人，一方手帕在她的鼻子上一捂，后来的事她就什么都不知道了。等她醒来的时候，已经是在两间破屋里，只听到外面风声飕飕。

项天单身汉时，与锅炉工褚库利一家是邻居，相处很好。不想褚库利在锅炉爆炸事件中遇难，年久失修的平房又在雨季中倒塌，因为莫若兰已只身飞往海外，所以项天就把房子临时借住给了褚嫂和她的两个孩子，自己住进了闵繁浩青龙庄园的别墅。

纳小米遭绑架事件之后，早已回家去住，闵繁浩因为业务上的事，住商人村更方便些，这样别墅就落得了项天一个人。但这天晚上，纳小米突然又来了，而且说，我想再搬到这儿住。

项天以为纳小米说搬过来住是有意在跟他打趣，因为她知道现在是项天一个人住在这儿。所以并没在意，只跟她胡乱闲聊。纳小米说，上三楼怎样？

又想看片子？

纳小米说，我觉得功夫片也挺有意思。

那你自己上去就是。反正你已经熟门熟路。

纳小米说，不行。你也上。

项天只好跟着她去了三楼。

纳小米想搬回青龙庄园，是因为她觉得自己实在无法再在家里待下去。在纳小米身体恢复常态之后，心里就没安静过。她基本被相亲活动缠住了身。人看了不少，遇到稍微中意的，不往深里谈还好，往深里一谈，就得散伙。有的是本来就认识纳小米，根本不用谈。有的是不认识，但问清名字后，对方便很委婉地表明不再谈下去。其中一个被纳小米问急了，说外面都说你被人包过，又被歹徒绑过，有些事也说不清。

纳小米说，奇怪了，谁说我被人包过！

那被歹徒绑过总是真的吧。

绑过又怎样？

不怎样。你明白呗。

纳小米说，歹徒也并不像你们想象的那样可怕。

对方一听，简直不可思议。既然是歹徒，还会有好歹徒和坏歹徒之分？

但纳小米明白，当时绑架纳小米的三个男人，至少有两个没有绑架经验。她被绑进竹林破屋后其中一个男人在外面打电话，屋内的两个在悄悄说话。一个说，弄到这竹林里怎么办，咱这法能行吗？另一个说，谁知道呢，看老大的吧。

纳小米正为自己被绑害怕，没想到绑她的歹徒原来也害怕。其中一个想把纳小米的眼布解了！另一个说，你干什么？我想看看住别墅的女人什么样。你这是要她的命啊！怎么了？你给她解了眼布，让她看到了咱，老大就不会再放过她。噢，原来是这样，你说得对。要不，咱把她放了吧。趁着她还不认识咱们。另一个说，那我们两个一准会被老大做掉。

听声音，纳小米觉得眼前是两个年轻人，年龄很可能跟自己差不多少。纳小米轻声问他们，你们干吗要这么做？

一个说，我们也是没办法，年底了，一分钱也拿不着。

外面的男人打完电话，进来。给了屋内的两个一人一巴掌。这是绑票，明白不，不是谈恋爱！

纳小米在竹林里的经过，大致就这么简单。但外人不这么想。

纳小米的相亲无法再相下去，这下把她妈妈给惹急了，一天到晚再没别的事。内心安静不下来的纳小米，一天也不想再在家里待下去。

项天和纳小米从三楼下来的时候，时间已经不早了。项天说，你该走了。

纳小米说，我不是已经给你说，我要在这儿住下来吗？

开玩笑。你这是凑什么热闹！

我不是凑热闹。我是认真的。

那我们怎么住？

纳小米说，这么大的房子，怎么住不行！

你就不怕再被人绑了？

我现在巴不得再被绑了呢！

项天说，你疯了！

纳小米说，快了。

纳小米重新住过来之后，在一座三层的大房子里，只有项天和她这么一男一女。项天内心五味杂陈，这仿佛是上天专门用她来考验自己。今天的项天对人情世道已经有些明白，外界对他的认识，或许并不比迟德开好多少。项天的不被认可，不在于他是否做了什么，而在于他总想试图说明自己没做什么。

项天本来住在二楼，纳小米来了，项天只能让给她，自己再去住一楼。或者说，在这套房子里，他已经更加习惯了住一楼。

这套房子在伊甸已经算得上是豪宅，过去闵繁浩住的时候，项天经常过来，并且经常留住。因为闵繁浩不加拾掇，邋里邋遢，基本属于金玉其外败絮其中。纳小米来后，情况完全不一样了，里里外外，楼上楼下，一片清爽，再走进来便真有种家的感觉。

自打认识纳小米到现在，纳小米除了更加成熟和漂亮了之外，似乎没有别的任何变化。绑架事件虽然给她造成了不小的影响和困扰，但活泼的天性并没有被改变。她的心出奇地静，心无旁骛，上班走，下班回，洗洗晒晒，拾拾掇掇，跟个结了婚的妇女绝无两样。两人有时也说说笑笑，每当这种时候，项天内心的温馨感常常不自觉地涌上心头。特别是当两人坐在沙发上，一起吃着水果或者一起看着电视的时候，彼此挨得有些近，能闻得见对方的气息，听得见对方的呼吸，如再遇上轻松的话题，看着纳小米丰富的表情，眼睛瞪着：咱打赌？或嘴一撇：切！或举着小拳头：你怎么这么不要脸！或在洗头后：你把吹风给我拿来。或在朝阳升起时：看我做的早餐怎样？每每这种时候，项天常常产生一种错觉，好像纳小米就是他的妻子，这里就是他的家。

可恶的歹徒，这哪里是绑架纳小米，分明是把他俩绑到了一起，谁也别想逃开。

纳小米从二楼发下信息来：你睡着了吗？

项天回复：早就睡着了。

楼上回复了一个"偷笑"表情，外加一句话：睡着了还说话！

纳小米主动发这个信息，是因为刚才接到了姐姐纳小玉的电话。你又跑出去住了？

是的。

又住在了那个地方？

是的。

你不害怕？

不害怕。项天也住在这儿。

你的事怎么办？

我也不知道。

纳小玉说，那你干脆嫁给项天吧。

纳小米悄声说，他有老婆。

有老婆怎么在外面住？

听说他老婆出国了，可终究是要回来的。

纳小玉问，那你爱他吗？

不知道。但这已经不重要，重要的是我现在再没有其他人可以爱。

纳小玉说，那么姐给你说一句话，跟着你的心向前走吧。

项天熄灯要睡的时候，手机又进来一条信息，项天想，肯定又是纳小米的。打开一看，不是。信息竟来自莫若兰：我已给你的邮箱里发了文件。

项天赶紧爬起来，打开电脑。莫若兰发过来的是一纸离婚函。

10

这晚，项天回到青龙庄园的时候，已经很晚。一副醉态，满脸蜡黄。进门就歪倒在沙发上睡着了。端着水杯的纳小米，一言不发地看着项天。醉睡中的项天，竟把她的腿当枕头枕在了上面。这种情况在项天清醒的时候，还从未有过。纳小米看着项天醉酒的样子，感觉眼前这个醉酒的男人离自己是如此近，却又那么远。想想自打结识他以来发生的一系列事，再想想自己眼前的处境，纳小米心中不由一阵心酸。一手端水杯，一手遮眼，两行泪悄无声息地滑下来。

纳小米收住泪，想把他叫醒，把水喝下去。这一叫醒不打紧，项天一把推开纳小米就往卫生间跑，没跑几步，"哇"一声，就像一辆鼓足了劲的洒水车一样，酒菜被他抛洒了一地。刹那间，整个客厅里酒气熏天。项天半歪在地板上，纳小米跑过来给他捶着背。

半夜时项天醒来，伸手拧亮台灯，结果吓了一跳，纳小米竟然全身赤裸，依在自己身边。美丽的胴体，就跟细瓷做成的一样，一尘不染，闪烁着肉色的光芒。

项天有些记不清昨晚自己干的什么，吃的什么，说的什么，又是怎么睡下的。恍如一切都像一场梦。再看看纳小米，眼角似乎还挂着残留的泪花。好像在她捶着自己的背吐酒的时候，项天说过她，不用你管。你是谁！你干吗要住在这里！你抓紧回你自己的家去！他的言语肯定伤了她的心。项天想，不能再这样了，自己的感情生活也该另起一行了。

一场不期而至的人生风雨很快席卷了两个人。两个人都成了风暴的中心，像疾风中的两棵树，痛苦地挣扎而又甜蜜地纠缠，无章地冲撞而又有序地体贴，互相撕咬而又彼此激励，奔向浪头而又跌进漩涡，高声叫嚣而又细语呢喃。两棵树在同一振频上近乎疯狂地摇晃着树身、树冠、树枝，浓密的树叶哗哗作响，整个大地陷落进一片抖动之中。

这是一场久违的风雨，已经没有人能够阻止它的到来。

大地重新沉入了黎明前的静谧。

有风雨就有彩虹。早上，一束束金色的阳光漫过窗子，向房间里涌来。所有热烈的气息早已悄悄散去，一切归于宁静和安详。

项天醒来时，看到纳小米穿戴整齐，坐在床边，定定地望着他。项天拉着她的手，半天没说话。待要说时，项天却说，我有老婆。

我知道。

那我们算什么关系？

同……居。

你甘心？

纳小米把脸别过，脸上滑过一滴泪水，晶莹的，映照出太阳的光芒。

项天说，我给你写个保证书吧。

那又有什么用？

一个男人总得给女人承诺点什么。尽管男人这一招用了几千年了，但女人还是愿意讨要。

　　纳小米不说话。

　　项天说，我包里有纸，你帮我拿过来，起码给你写几个字，我才能踏实地起床。

　　纳小米去了客厅，项天听到她在翻自己的包。翻完包，项天听到纳小米去了厨房。项天明白，他不会给她写什么保证，所谓的保证真的没有用。但他说要写保证，不过是想让她借机翻翻他的包，一翻，她就会明白，因为包里有莫若兰发过来的离婚函和项天回复的离婚协议书。她无须再到他这边来，走进厨房或许是她此刻最好的选择。

　　纳小米没有再进屋，而是趴着门框，说，早餐好了。

　　再到晚上，他们不要激情，只要行云流水。脸贴在项天胸口上的纳小米说，你从来没问过我做不做梦。

　　现在问可以吗？

　　可以呀。

　　那你爱做梦吗？

　　爱。

　　项天说，下面再怎么问？

　　你问那天晚上你做了个什么梦呀。

　　项天说，哪晚？

　　还能哪晚！看来纳小米想说的是自己遭遇绑架的那晚。

　　噢，那晚你做了个什么梦？

　　决赛的那天晚上，纳小米一袭红裙，对《珊瑚颂》进行了倾情演绎："一树红花照碧海，一团火焰出水来，珊瑚树红春常在，风里浪里把花开。哎，云来遮，雾来盖，云里雾里放光彩。风吹来，浪打来，风吹浪打花常开。"遇事的那天晚上，纳小米在梦中又回到了决赛的舞台。在一片开满鲜花的绿地上，她和项天并排坐上一条长椅。长椅像魔椅一样，轻轻地飞离地面，袅袅地上升，夜空中的星星在闪烁。陶醉在这美景中，她闭上眼轻轻靠在了项天的肩头，她能感受到项天正在看她，然后是项天的吻从天而降，宛若天河的流水。宇宙不再转动，大地也在一片静谧之中。只有她，像一株馨香的花草，热血战栗，芬芳摇曳。突然一阵大风袭来，阴云笼罩，星月无光。她和项天被突如其来的大风吹落了长椅，身下已是万劫不复的深渊。这个梦让她猛然惊醒，并且大半天没有再睡着。当她独自坐在客厅里回味梦境的时候，纳小米被自己这个稀奇古怪的梦惹笑了。因为那时，她并没有把项天作为自己情感的目标，她跟项天之间也根本是不可能的事。所以，她当时问了自己一句："我是不是爱上他了？"然后又自己回答，"你想哪儿去了，这可能吗！"

其实，那天晚上项天也做了一个很不好的梦。大意是一伙人去登山，风景差不多就是谷子山的模样，大家登上峰顶，浴着高处来风，展开双臂，高声疾呼。项天看纳小米时，却见她在一块高高的岩石上，一脚踩空，像浮云仙子，向山谷飘去。项天在梦中大叫，纳小米！纳小米！接着就是一串划破静夜的电话铃声。

项天故意说，你怎么做那样的梦。

怎么了？

不怎么。

纳小米说，因为我很想知道，你有没有做过类似我这样的梦，或者说在你的梦境中有没有我出现过？

项天很肯定地说，没有！我最讨厌别人无端闯进我的梦境。

纳小米说，切！

项天说，不过，决赛那天晚上送你时，我看到一排排夜灯从你眼里闪过，就像一片美丽的星空一样。

纳小米一下很高兴，是吗？ 纳小米刚想俯下身去，表示一下亲昵。项天马上逗她，我编的。

纳小米忽又爬起身来，真是你编的？

项天不回答。纳小米说，唉，谁能跟你，那么有经验。

我如果说我没有经验，你信吗？

不信。

为什么？

我能感觉出来。

项天说，你如果没有经验怎么会感觉出来？

纳小米说，我可是第一次。

项天说，这重要吗？

我知道你们男人都很看重这个。

项天说，其实我也很看重。

纳小米说，封建！

项天说，你错了。其实这不是封建。而是优生学对女人的一个基本要求。

纯粹是男人给自己找借口。

项天说，不是，这是由女人的身体和生理决定了的。女人的第一次为什么非常宝贵？是因为第一个男人体液激素的成分，对一个女人的改变会长期地存在，这样的激素成分会出现隔马打车的效果，将在一定概率下影响着下一代的性格、长相和爱好，而无论你其后的孕育用的是谁的精力。这才是它的圣洁之处。

纳小米说，这是不是你自己编的啊？

这是《两性的三十六个秘密》这本书中记载的。

纳小米说，要求女人有女贞，那男人怎么不要求男贞呢？

项天说，这个问题算让你提问着了，男人与女人的不同这一下就表现出来了。对男人来说，第一次就像药引，会勾起他对同类药物的极大兴趣。但时间一久，就跟中医治病一样，单靠一包药根本不解决问题，非得多给他几包才行，至少一个疗程甚至几个疗程之后，才能治愈。

纳小米说，你这人完了。

项天第一次去纳小米家，项天看到为他开门的是纳小米，项天看了看她，就跟突然不认识了一样。项天低声说，你这是怎么了，干吗画着这么浓的妆？

你是项天吧。这个纳小米笑着说。

项天，啊！

项天往里走，里面又有一个纳小米。这个才是项天熟悉的模样。项天又回头看那一个。纳小米掩着口笑，说，那我姐。

项天于是不好意思地回转身，跟纳小玉握了手。纳小玉跟纳小米说起的那张唱片，的确灌了，但并没有像她预期的那样马上大红大紫起来，伊甸的音像店里也有这张唱片，而且也偶有播放，但并没有多少人去留意和给予格外关注。

与纳小米合伙"偷走"儿子后，纳小玉与家人已经开始了联系，不过回家来还是第一次。这次回来当然也是秘密的，连纳小米也未给项天说。其实，在父母眼中，成功不成功或许并不那么重要，一家人能够相聚才是最重要的。几年在外，纳小玉已经见过些世面，经历风风雨雨之后，眼神与打扮已经与纳小米有了很大的区别。

纳时只跟项天简单打过招呼后就去了厨房，项天跟她们姐妹俩在客厅里闲聊。此时，老两口在厨房里正在细声细语地谈话，项天虽然听不清晰，但他知道话题肯定与自己有关。

在纳小米再度搬住青龙庄园后，纳小米的妈妈几次要直接去找项天，都让纳时给拦下了。你找人家干嘛，纳小米的事与项天没关系。纳小米的妈妈说，听说，项天也住在里面，这怎么行！

怎么不行？人家项天早就住在里面，是她自己硬往那儿跑。我们已经管不了那么多了。

后来，纳小米吞吞吐吐把跟项天的事给她妈说了，她妈又把纳小米的话重复给了她爸。纳时说，也只能这样了。

饭菜好了，一家人围坐下来。晚餐的气氛很融洽。在饭桌上，纳时的话不多，可能觉得事到如今，自己也没有什么好说的，说什么也都是多余。倒是纳小米的妈妈，把一份从容和喜悦写在脸上，忙忙乎乎，拾拾掇掇，唠唠叨叨。纳时开了好酒，但项天只象征性地喝了一点。酒桌上的话基本被她们娘儿仨包了。

饭后，纳时说，我和小项出去走走。

项天陪着纳时走了出来。

气象局家属院紧邻伊豆河，出门不远就是伊豆河风景带。伊豆河是一条古老的河流，已经流淌了几千年几万年，可它看上去却不带一点岁月的痕迹，依然是那样年轻，那样充满活力。初冬的夜已略有寒意，两岸繁华的灯火，让人感到些许温暖。纳时长长地嘘了一口气，说，社会变化真快啊，好像才一眨眼的工夫，什么都变了。就像这条河，曾经洪峰一般激流而下，后来几近干涸，后来建了坝，蓄了水，又恢复了先前的风光，两岸的草又青了，树又绿了。可感觉它又没有变，还是这条河，它就在我们身边，它一刻也没离开过我们，它静静地向远方流淌。当年我们纳氏一族，从西北往这迁徙，走到伊甸后停了下来。当然，那时的伊甸还是一个不起眼的草甸子。伊甸的山并没有西北的高大，但它比西北的精致。停留驻足的原因，是因为伊甸有着这样一条曾经汹涌澎湃的伊豆河。从那时起，伊甸就与西北通商，后来又与中原、西南通商，再后来主要是与南方、东南、东部通商。今天的伊甸能发展成一座远近闻名的商城，并非横空出世，而是有着多年商业文化的积累和沉淀。现在的伊甸已经与当年的伊甸不可同日而语，看看这一城灯火你就知道了。社会在变，人心也跟着变。尤其年轻人，他们的追求和我们那时已经完全不一样了。不就是过日子吗？可是不！他们要有一场说走就走的旅行，要有一场想谈就谈的恋爱。这两句话分放到我的两个女儿身上，竟是那样地合适。不过，有时我也在反思，是不是我们这一代真的落伍了，一切传统的经验在我们心中都是那么根深蒂固，那么拿我们的老眼光来对当下的社会发展做出评判，我们的评判一定是正确的吗？事实证明可能也不全是。小玉她挣扎了，奋斗了，仍然算不上成功。但她勇敢地去实现自己的梦想，这本身是不是也算一种成功呢。

项天望着伊豆的河水，舒缓地流淌，一直向远方流去。那些心中的郁结，曾经酸甜的回忆，仿佛都随着流水渐行渐远。

第二天，纳小玉走了，纳小米却并未参加送行。项天知道她们一直姐妹情深，于是问纳小米怎么了？

纳小米却哭了。

项天说，到底怎么回事？

我姐向我打听迟德开。我姐她竟然跟迟德开……

后来，项天才弄明白，纳小玉出走前，先行到迟德开那儿，不惜让他画成女贞树，而拿到了一笔所谓成就自己梦想的费用。

伊甸。女贞路。一株株女贞树在摇曳。

第三部 山 恋

1

　　文晴晴眉清目秀，左腮上有一个很深的酒窝。项天与她在上海一面之识之后，就留下了很深的印象。眯眯跟项天说，晴晴到伊甸来了。眯眯和文晴晴都是方州人，她们俩曾是高中同学。项天问，她是过来看你？眯眯说，听她说是打算在伊甸长期住下来。项天一听笑了。眯眯说你笑什么？项天说在上海时我无意中提到闵繁浩，她好像很感兴趣，她跟你一样，也不相信一个年轻的大老板会坚持独身。跟你不同的是，你根本不屑一理，而她当时就提出要会会他，这回机会来了。

　　切！眯眯说，你听晴晴说，我还不了解她！我是喜欢没事找事制造乐子，她比我也强不了哪里去，不过是争强好胜，听不得哪里有挑战性的事。你等着看戏就是，我谅她拿不下闵繁浩。

　　项天说，话也不能这么说，因为闵繁浩现在好像在对待女人的问题上有所松动。他这是突然转了哪根筋？眯眯有些愕然。项天说还不是因为绑架的事！眯眯说，绑架跟他有什么关系！人家绑的是纳小米，又没

86

绑他。项天说，可很明显那桩绑架案是冲着他去的。别管怎么着吧，叫上闵繁浩咱一起坐坐。眯眯说那也好。

就餐地点定在了伊豆河边的你侬我侬咖啡屋。项天和闵繁浩先到了，一会儿眯眯和文晴晴也到了。项天和文晴晴见过面，所以眯眯专门向闵繁浩介绍，文晴晴！

文晴晴很主动，你就是闵繁浩？

在下正是。

文晴晴看着闵繁浩，对项天和眯眯说，你们看这哥们儿像不像洪金宝！

经文晴晴这一说，还真像。脸膛、皮肤、发型、身材，几乎无一不像。项天朝文晴晴竖了竖大拇指，觉得文晴晴不愧是在江湖上行走的人，一眼就能把一个陌生人的外貌特征给抓住了。项天跟闵繁浩相处了这么长时间，如果有人要问闵繁浩的相貌特征，可能描绘半天，也出不来文晴晴的这种效果。

文晴晴说，那我以后就喊你"宝宝"吧，叫起来也亲切。

随你便。闵繁浩说。

文晴晴长年在外推销产品，看来整亲和力是一绝。

项天倒酒，倒到文晴晴这儿的时候，项天说，给你倒多少？文晴晴说，我操，倒满啊！

文晴晴一句话，让项天感觉她左腮上那只美好的酒窝瞬间被填平了。闵繁浩却不动声色，只是嘴角泛起了一丝浅笑。

喝第一杯的时候，闵繁浩的杯子里没能完全清底，文晴晴直接把杯子碰过去，干完好不好！

闵繁浩看文晴晴挺冲，说咱就单独走一个呗。

文晴晴一听，眉眼飞舞，端起杯子：宝宝真乖！

酒至半酣时，邻桌来了一伙人，等菜的空当，坐在那里闲聊。闲聊聊点什么不好，偏就聊起了那场绑架案。对于这种事，只要一传出去，就必定与事实相差万里，传播者每个人都加进了各自的创造，听上去不仅不雅观，甚至是相当污秽和龌龊。

　　有两杯酒垫底的闵繁浩，晃晃地走过去说，兄弟这是喝酒呢？对方不明就里，愣愣地看着他，只能答：嗯。咋就上了这几盘小菜呢？对方答：其他还没上呢。那我给你们上几样怎么样？对方一时不知该怎么回答他。却见闵繁浩突然伸出两只胖得像娃娃一样的手，运足丹田之气，掌心朝下，啪一下拍到了桌面上。随着闵繁浩的全力一击，桌面上五六个小凉菜盘齐刷刷升起来，看上去就跟滞留在了空中一样。文晴晴一缩脖子，甚至吐了下舌头，声音不大地说，真是洪金宝哎。

　　等几个盘子参差落下，闵繁浩反倒声音不大面露微笑地说，你们继续聊，我在这儿听着。

　　那伙人终于明白过来是怎么一回事了。桌上的老大一挥手，上！这正中闵繁浩的下怀，哪还等得他们出手，一圈人已经到了桌下。

　　这伙人也并不吃素，到了桌下仍然跟着出招。这下桌椅板凳就开始狂飞乱舞了。店主很难见到这般阵势，完全是现实版的功夫片啊。这样闹下去小店还不得灰飞烟灭！于是赶紧拨打110。

　　公安真快，就跟在边上等着这场武林过招一样，眨眼的工夫就到了。一到，二话不说，把双方都带走了。

　　武强在侦破绑架案中立了功，刚刚升任女贞路派出所副所长。出警的人把他们一股脑儿交给了武所长。武强一看，哎，怎么是你们？

　　因为没有伤着人，武强对双方进行了训诫后，要求双方分摊店家的损失。

2

项天给眯眯说，我再请一次吧。眯眯说用不着。项天说，上次没请好。眯眯对打架的事却并不以为然，说找点乐子还找不来呢，挺好的。打架还挺好的？当然，我都想打一架呢！眯眯说。项天说拉倒吧你。眯眯说，你看多好，不打不相识，一架打下来，成朋友了。眯眯说的是闵繁浩收了其中的两个人，这两个人已经到闵繁浩的公司上班去了。有一次项天还看到这两个家伙陪着闵繁浩，三个人在斗地主，一人跟前一堆钱，其乐融融。

这次项天没有再安排在你侬我侬咖啡屋，而是沿河的另一家，伊甸家园。闵繁浩有事未参加，所以项天没上白酒，而是点了红酒。其实红酒是眯眯的最爱。在眯眯一个人居住的连体别墅里，项天已经领教过眯眯的红酒酒量。

项天问文晴晴，你干嘛突然想起到伊甸来。

什么叫突然啊，文晴晴说，你和眯眯都不是伊甸人，不是也来了吗。好像听你说起过，你家是枣园的？项天说，是的，我和眯眯差不多是前后脚到的伊甸，我们来，是因为我们喜欢伊甸。眯眯对伊甸做过很多研究，最后研究出一个民间成果，那就是伊甸是一座从圣经上掉下来的城市，到处充满着爱。

文晴晴说，眯眯到哪儿都这么说，一听就是剩女的口气。眯眯说，咱俩谁也说不得谁，都一个样。那可不一样，差别大了去了，文晴晴说，你别墅都已经住上了，我哪比得了你！眯眯说，别提了，就为这套别墅，伊甸到处传我被市长包了。这传言你信不？文晴晴说，我信。眯眯说，那你完了，跟送我房子的那个开发商是一个智商。

上海多好啊，上海的平台多大！项天说。

你记着一点，只要事业平台大了，情感空间就小了。文晴晴说。我个人观点是，单从婚姻与爱情的质量而言，在当今可能县城一级总体质量最高。

眯眯说，要这么着你还跑到伊甸来干吗，直接回咱们的方州不就得了？

项天说，听说你在上海干得挺好，所到之处市场一片披靡。比如贵州，本是你们产品的空白，你去之后，跟着几十个火车皮就进去了。

嘿！一个卖肉的。文晴晴经常这样自嘲。文晴晴毕业后，留在了上海一家肉制品公司。文晴晴说，你们可能忘了，这家肉制品公司的总部就在你们伊甸。

项天说，明白了，你是要到总部这边来。文晴晴说，你想让我继续卖肉啊！项天说，那你可以去小苹果会所，那里……没等项天说完，眯眯就在那儿笑，因为小苹果会所在伊甸很出名，那里面一干女孩全是千年的狐狸万年的妖。

文晴晴说，我知道，是迟德开开的。

你认识他？项天很好奇。

文晴晴说，而且我知道你们伊甸人都喊他"虫二"，一听就知道是个风月人物。

眯眯指着项天说，他进去过，结果被一股酸腥味给呛着了，出来后又给他改了个名字，叫荷尔蒙，简称老何。

文晴晴笑了，说老何这人挺有意思，听说他喜欢画女贞树，用树画记录自己的猎艳史，占有一个便画一棵，然后标注上时间、地点和昵称。

这你也知道？项天感觉很惊讶。

我觉得他这创意还真不错，要不到头来全搞混了。他不是计划要至少画一百棵吗？

你知道得可挺全啊！项天说。

我曾在上海的一个酒场上见过他，文晴晴说，中午见面时，听说是老乡，便交换了电话电码。没想到，下午他的电话就打过来了，而且是没完没了地打。我寻思这是啥意思呢？原来就是一件事，请我吃饭。我只好说去杭州了。一个半小时后，他打过电话来，问我在杭州什么地方？我不过为应付他顺口一说，却没想到他真跟过来了，他说我已经到杭州，你在哪里？我只好说，噢，我过去是因为有件小事，不复杂，办完就回来了。他于是问我现在在哪？我说，浦东。他说，好，你就在那儿等我。我看实在没办法了，只好晚上见了面，在一个咖啡馆喝咖啡。我以为吃饭不过是个由头，他一定有什么重要事找我，原来什么也没有。问他，他说，只是因为喜欢我。嘿，你看这意思来了。我们才刚相识，他才见了我一面呢，我这魅力能有这么大？眯眯插话说，谁让你长了个天生让男人上火的样？文晴晴一笑，没理她，继续说，咖啡喝来喝去，我终于明白了，他的确没别的意思，就是想跟我上床。既然这样，我也不跟他绕弯子了，我说你想的这事是好事啊。他说，是好事，当然是好事。那我可就明码标价了，我调侃他。他说标，标。看那样子我提多少他都能答应。我问他你做什么买卖能撑这么折腾，不过是刀剑入鞘的事，哪还值得掀动那么大的江湖风雨！但他说，这你就错了，只有刀剑入鞘，我才心安。天底下竟也有这样的男人。

项天笑了，问，那你跟他上了。

他既然那么喜欢，上了！

啊？项天坐直了身子。

上床还不是件容易的事！文晴晴扯闲篇儿的本领跟眯眯倒有得一

比，那就是举重若轻，随处都是关子。隔了一会儿，文晴晴接着说，当时房间里正好有张沙发床，我一迈腿就站上去了。迟德开见站在沙发床上，两眼直发愣。我说你也上来呀。说着伸出手做出想拉他一把的样子。他一看这架势，说了一句非常有学问的话，汉语真是害死人啊。

听文晴晴说完，三个人一齐笑。

眯眯说，唉，你这人，太损了。

得了吧，文晴晴说，我这点小伎俩哪比得了你！文晴晴指的是眯眯和单位领导伊班主任的事。伊班主任年纪不小了，但却很色。发现这一点后，眯眯故意有事没事地在他面前挺挺胸，拢拢发，吊他胃口。结果有一次下班后，被堵在了办公室，在办公桌上直接要来真格的。眯眯不慌不忙地问他，主任您这是什么课目啊？主任说，应该算全民健身。你这词起得不错呀！那是。但您先别急，您这么做请示市长同意了没有？主任说这事市长管不着我。眯眯说我没说市长管着你，我是说市长管着我呀。伊班一听，赶紧摸索着把眼镜戴上，重新变回了主任，说我不用这招还真无法断定你跟市长到底什么关系。嘿，你们听，这老色临下船还不忘补张遮头盖脸的船票。

眯眯从不拿这种事当事，轻松愉快地拿来跟项天扯过闲篇儿，看来也早给文晴晴讲过。项天记得当时眯眯讲完后，说真操蛋，我从没见咱们主任幽默过，真没想到他幽默起来还这么有天赋。但是也太好骗了吧，我一介小卒，人家市长能管不着我！看把主任美的。

项天不想跟两个奇葩女人扯这些闲篇儿，说咱们还是说正经话吧，闵繁浩在伊甸大卖场中的生意做得挺大，或许他还真需要你这样的人手。

文晴晴说，我看你说的这事靠谱。

随后项天向闵繁浩推介文晴晴，闵繁浩说她的情况你弄清了？弄清了，项天说，她是个做商贸的奇才，不过如果要想把她发展成别的可能有些问题。听项天这么说，闵繁浩把手机递给项天说，你看看这个。项天一看，是闵繁浩给她发过去一条信息：请你吃饭怎样？文晴晴的回复是：改日吧！

项天笑着说，她说话好像压根儿就没个遮拦，是不太靠谱。没想到闵繁浩却说，是吗？其实我并不这么看，我倒觉得她是个角儿。多这么个酒友，挺好的。

3

闵繁浩住在伊甸西部大卖场中的商人村。所谓的商人村，就是在店铺之上做成第二层地面之后，建起一片小院平房。当然这样的房子少不了闵繁浩一套。闵繁浩在院子里植了葡萄架，把水泥柱做成了仿真木桩，闵繁浩常常在这些水泥柱上站桩。

文晴晴是第一次到闵繁浩这儿来。闵繁浩从桩上跳下来，吓了文晴晴一跳。闵繁浩说，你来了那就叫项天过来吧，在家里喝杯。文晴晴说，喝酒有规定必须是三个人吗？闵繁浩看着她笑了笑。

喝酒的时候，文晴晴问闵繁浩，他们老说绑架案绑架案，到底是怎么一回事？嘿，怎么一回事，还不都是项天这家伙惹捣的。项天？他怎么惹捣的？文晴晴当然不解。闵繁浩说，项天给市里"小苹果杯"歌手大赛当综合素质考核评委，认识了个女孩，这女孩的姐姐想当歌星，生下孩子后出走了，这女孩帮她姐照看孩子，可她姐大老打她主意，她就从她姐家跑出来了，半夜里找了项天，项天这人实在啊，就把她领到了我在青龙庄园的别墅里去了，不由分说把我赶到了这边，理由是我在这边照顾生意更方便。哪里想到有人知道我有几个钱，早就盯上了我，一直想绑我没绑成，倒把这女孩给绑了。那后来呢？后来案子破了。那女孩怎么样？案子破得很及时，女孩倒没什么事，但这事一传播开，她找对象可就来了困难，因为她是住在别墅里被绑的，有说被人包了的，也有说被歹徒奸了的，反正没一个好。跟人见面，基本上一报上名字，就把人吓跑了。第一次请你时，我跟邻桌打架，就是为这事，说得实在太难听了。这对象找不着，跟父母又闹翻了，到现在还住在青龙庄园里呢。我真是拿项天没办法。文晴晴问，那女孩叫什么？好像叫……纳小米，叫什么我根本不关心，闵繁浩说，为这事，项天总算是自作自受，吃尽了苦头，单位和家庭都受了很大影响。这样的事，受点影响也值。文晴晴说。你这么看？项天难得有你这么一个知音。文晴晴说，有时间我去认识认识那女孩。闵繁浩说，哎，你别说，那女孩形象还真好，性格也不错，倒是比项天现在的莫若兰强。文晴晴说，其实，我认识项天就是因为莫若兰的事。听说你跟莫若兰是大学同学？是的，我们一个系，但不是一个专业。莫若兰在大学里的确有一个男朋友，后来听说莫若兰的父母干预，莫若兰实在拗不过就回伊甸了，她那男朋友也出国了。她是被父母安排相亲相急了，才随口答应嫁给项天的。你说嫁就嫁了吧，她非得在新婚夜说出来，而且说得很决绝，她早晚还要去找她男朋友。听项天说，婚配婚配，婚是结了，可哪里还有心情配呢？想想也够可怜。所以当他听眯眯说我曾跟莫若兰是大学同学时，就贸然跑到上海，求我帮着打听，尽快把她那男朋友找到。意思是找到了，他那块烫手山芋也好出手。你说我到哪去给他打听去？闵繁浩说，项天这人就是这么死心眼，什么时候了还忙着去打听，赶紧出手不就得了？这事莫若兰做得不地道。我当初就反对他结婚来着，结什么婚，一个人不能过！他可好，给我描绘了一番爱情，把爱情说得就跟冬天雪地里的一个大火炉子一样，让人想想就觉得温暖，就跟他见过一样。文晴晴说，都知道你是不结婚的，但反对你的兄弟结婚却也没有道理，听项天说，他就是想尽快结婚，让你看看雪地里他守着火炉子而你独自冷冷清清是个什么感觉。闵繁浩说，是啊，他是弄了筒炉子来，可生着火了吗？

看来你对婚姻的确有成见。文晴晴说。

我不是对婚姻有成见，而是我对女人有成见。

那不一样吗？

不一样。

你说的女人是所有女人吗，包括不包括我？

闵繁浩说，不包括你，你只能算个酒友。

4

项天约闵繁浩去谷子山一趟，闵繁浩提出，让文晴晴一起去。项天故意说，文晴晴去合适不？

这有什么不合适的。

我的意思是咱们又不喝酒带酒友干啥！

谁说上山就不喝酒了。

项天说，再说，你对女人也不感兴趣呀。

闵繁浩说，你看文晴晴哪点像女人，说话做事跟个男人有什么区别？你把她当男人看待就行了。

谷子山植被很好，但原来并没注意过山里边还有片竹林。听武强说，那片竹林面积还不小，里面有两间破屋，是当时看林人住的，后米搬了地方，房子也就破败了。项天很想去那里实地看一看。

出城后，一条宽大的公路直通谷子山。三个人在山坳处找到了那片竹林，一株株翠竹迎风摇摆，飒飒作响，落下斑驳的绿阴。如果不是被绑架，放一张小桌在绿荫中，三五友人，品茗聊天，那当是怡情赏景的无尽美事。但这等上好的风景，却成为一桩案件的现场。项天想象不出当时纳小米会是怎样一种状态。项天对竹林中的两间破屋，里里外外巡视了一遍，然后指给闵繁浩说，这本来应该是你待的地方。

离开竹林之后，三个人上了一面山坡，在那里稍事休息。闵繁浩脱了外衣，站在一块大石板上。此时，山风浩荡，遍野树鸣。闵繁浩活动了活动胳膊，便开始提神运气，亮出了形意拳的身手。

文晴晴问项天，宝宝这练的什么功？

项天话里有话地说，童子功。

文晴晴笑着说，就看那一身肉，练蛤蟆功可能更像样。

你把他说成癞蛤蟆，也成，只是你把自己比作成白天鹅了。

文晴晴说，怎么了，我难道不是一只白天鹅吗？

当然是，项天说，我的意思是，你这只天鹅可能落错地方了。

文晴晴看看练功的闵繁浩说，错不了，你看我怎么把他拿下。

文晴晴跟项天说着话的时候，项天一直在转悠着想找个地方便一下。文晴晴问他，你要干什么？项天说，我拿一下。文晴晴一听便明白了项天的意思，说，嘿，就那么点事，用不着那么躲躲藏藏的。

说话的空当，项天脚下的石块脱落，突噜一下从一堆乱草中漏下去了。文晴晴说，嘿，女人！还真躲起来了。

项天哪是躲，他是掉进一个石洞里去了。

文晴晴趴着洞口往里喊话。里面传出项天的声音，你们快下来，我发现了一个好地方。

文晴晴听说发现了好地方，哧溜一声抢在闵繁浩之前先滑下去了。闵繁浩随后也跟了下去。

里面的项天正用火机照明。闵繁浩问，这什么地方？

项天说，像是一个天然溶洞。

文晴晴一听，兴致一下高了起来。呃，是溶洞吗？江北可没有多少溶洞。是不是人工洞，说不定里面藏着宝贝呢。

打火机微弱的火光，让洞中的景色笼在了一片虚幻之中，仔细看岩壁上，岁月的雕刀仿佛已经雕出了一幅幅作品，真可谓一步一景，奇妙壮观。三个人继续往前摸，听到前面传来轰轰的流水声。文晴晴说，好像有地下河呢！迎着水声往前走了一会儿后，真如文晴晴所说，三人都看到了一条淙淙流淌的河流。这时，项天的打火机已经烧烫了。打火机一扔，洞中完全黑了下来。各人摸块石头在河边坐下来，河水的声音十分清脆，在岩壁之间荡漾和回响。洞中还没有半点人工痕迹，一切出于自然，险奇自不必说。没有光亮，谁也不敢迈步。闵繁浩问项天，打火机还能用不？

那个已经烧坏了，好在还有一个。咱先摸黑往前走，等关键时候再用。三个人手脚并用，一个挨一个向前摸，每个人身上都沾满了泥巴。三个人挨得很近，项天无意中碰到了一个人的胸部，凭感觉，应该是文晴晴的。又一次碰到的时候，项天不好意思地说，一不小心碰了两次，真是对不起了。

文晴晴说，碰了就碰了呗，还多大的事，用不着嚷嚷哈。不过，我可是只感觉到一次，你得把那次补上。项天说，怎么会是一次？黑暗中的闵繁浩说，好了，那次碰到的是我。

胖墩墩的闵繁浩，胸部比飞机场女人要突出得多。文晴晴听闵繁浩这么说，吃吃地笑出了声。这时候大家心情都还是很放松的，可以互相借景调侃。但接下来，问题有点难办了。如果继续往前，不知何时是头。如果往回折返，洞中很多岔道无法确定来时所走是哪条。最好的办法只能是继续往前摸。项天提议先休息一下再做商量。坐下来之后，大家才感觉不仅身上累，而且洞里还很冷。闵繁浩说，这样坐不解决问题。

又摸了不知多长时间，眼前还是一片漆黑。三个人都感觉到了问题的严重。手机显示，已是下午五点多钟。闵繁浩说，打电话给外面联系一下吧。文晴晴打开手机，手机上没有半点网络显示。三个人一阵静默。闵繁浩说，启用那个备用火机吧。项天打着了火机。洞中顿时有了光亮。借着光亮，大家已顾不上欣赏洞中景色，一个拽着一个衣服前行。很快项天手里的打火机发烫了，项天说，一个打火机，无法用很长时间。怎么办？

闵繁浩说，来！闵繁浩把衬衣脱下来，他身怀功夫，手劲大，一件衬衫很快就被撕成了许多根长布条。来，点这个。长布条一燃，洞中的光亮一下比原来大了许多。

一件衬衣并不耐烧，撕成的长布条很快燃完。闵繁浩又褪下了裤子。项天说，来我的吧。闵繁浩说，我胖，比你们撑冻。闵繁浩照旧把裤子撕碎，但裤子也很快燃完。闵繁浩已经无法再往下脱了。这时项天一边脱一边说，文晴晴，下一个该轮到你了哈。

直到项天的裤子燃尽，仍然没有达到溶洞的尽头。没得说，文晴晴要脱自己的衣服。闵繁浩说，算了吧。

火光一熄灭，四周立马黑下来，也静了下来。地下河早已不跟在他们后面了，淙淙的河水中途已经从张开的岩缝里漏下去，隐隐的流水声听上去遥远而又空荡。闵繁浩说，现在我们得做最坏的打算了。

项天说，那可惜文晴晴了。

文晴晴说，可惜我啥？

项天说，你本来在上海好好的，干嘛跑到伊甸来。

肉制品公司就是卖肉的，我再不回来，早晚也会被人肉的。

听眯眯说你公关能力非同一般。

文晴晴说，得了吧，一旦把自己定位为一名公关女，那你就得时刻准备着迎接反公关。在这种情况下，一个女人如果还想走清纯路线，那根本就是天方夜谭。我怕自己走得太远，所以提前踩下了刹车。

5

这次上山，本来说好眯眯也去的，出发前眯眯却变了卦，不去了。到了下午，眯眯没什么事，打文晴晴电话，想问他们玩得如何，打了几次却打不通。这人！那打项天吧，竟也打不通。眯眯试着打闵繁浩，一样，也打不通。提示音完全一致，您拨打的电话不在服务区。怎么了这是？眯眯打纳小米，想问问她知道什么情况不。这一打，纳小米着了急，不一会儿工夫，满头大汗地跑过来了。两个女人在眯眯办公室里手足无措。直熬到日落西山之后，眯眯才接到了项天的电话。两个女人听到项天在电话里有气无力地说，谷子山，拿衣服。两个女人赶紧带上衣服向谷子山奔去。

项天、闵繁浩和文晴晴三个人从溶洞里九死一生地爬出来后，躺在杂草中，真像死过去一般。这时，手机的全时通功能开始发送过来成堆的电话和信息。眯眯几乎把三个人的电话都打爆了。

等歇息过来后，三个人发现在溶洞出口处的下方，是一条长长的峡谷，峡谷里蓄满了清澈的山泉水。此时，山上的月亮已经升起来，这些年在城里，哪看见过如此又大又圆的月亮。再说在城里，也没有几个人愿意抬头看天！

月光下的山泉水，像一只女人的眼睛，幽幽地闪着光。闵繁浩看着落在水里的星星，金子一般闪亮。他满身泥巴地站在出口边的杂草中，确定入口的方向。终于搞明白，山洞是沿着山势走向，几乎画了一个半圆，绕过了一个大大的山头和两面长长的山坡。

从谷子山上下来，眯眯和纳小米直接把三人拉去了医院。闵繁浩身体健壮，挂完一瓶能量后，就开始在屋子里转悠了。但项天和文晴晴却基本陷入沉睡甚至昏迷。

纳小米问闵繁浩，你们怎么突然想起去谷子山？

闵繁浩打了个响亮的喷嚏。项天一直想去看看那片竹林。听到"那片竹林"，纳小米没再说什么。

项天和文晴晴都是第二天早上才醒来的，因为身子弱，仍然需要歇息，纳小米把他们两人都弄到了青龙庄园别墅。

文晴晴跟纳小米认识的时间并不长，两人并没多少交流，而且从风格上也不是一个路子。但文晴晴不认生，一坐下就说，你怎么叫纳小米？怎么了？纳小米不明白她什么意思。文晴晴说，还怎么，项天这家伙属鸡啊，你想鸡吃小米，那还不是他妈的天经地义。纳小米说，晴晴，你这都说哪里去了！嘿，用不着扭捏，男人女人那点事我没做过，可我也明白，蚂蚁来例假，多大的事！纳小米红着脸说，你真能举重若轻。

项天说，文晴晴你能不能不到这里兜售你那些不堪入耳的黄段子。文晴晴说，操！你想让我口吐莲花啊，虚伪！又说，噢，我知道了，是怕我污染小米。可我不污染早晚也会被你们男人污染的不是？

过了不长时间，有天晚上文晴晴提着酒来了，项天说，你这喝得哪门子酒？文晴晴说，高兴。项天问，闵繁浩怎么没来？文晴晴说，不用管他。

文晴晴说，我来是求小米一件事。求我？是啊。宝宝想把这套房子卖了。你别管那些，你只管赖着在这里住下去。纳小米问她为什么，文晴晴说，因为我喜欢这套房子。项天说，你就不怕被人绑了去？文晴晴一听，哈哈大笑，操他，谁有纳小米那样的福气！

文晴晴直把自己喝红了脸蛋儿，这才罢了手。项天送她出门，到了楼下，文晴晴说，我已经把他拿下了。把谁拿下？宝宝呀！

项天说，你们……

文晴晴说，后来宝宝又拽着我去了一趟谷子山。

干吗又去，还怕上次没死成啊！

宝宝对那个溶洞很感兴趣。这次再去，我们当然有经验了，备上了棉大衣，强光手电，还有一应食品。这次你没去可是亏大了。

项天问她怎么了？文晴晴说，上次去，那是不期而遇，盲人摸象。后来，直接变成了逃生，搞得大家狼狈不堪。当时是洞中那些岔道把咱们给害苦了。当我们再去，正是这些岔道，让我们发现了宝贝。在地下河附近有一条岔道，仗着准备充分，我跟宝宝摸进去了。这一摸，不得了。没进多远，洞体豁然开朗，袭来一股寒冷和潮湿之气。原来在我们的前面，竟有一片很大的水面，是一个不折不扣的地下湖。这还不奇，奇的是湖顶上面的岩石形成一个巨大的穹顶，穹顶上布满了上万只萤火虫。说是上万只，就是十万只也说不定，谁能数得清呢。因为那情景就跟在明亮的夜空中，镶嵌上了数不清的星星一样，感觉满天繁星闪烁。梦幻星空，到了那儿你才知道什么叫真正的梦幻星空。别的景咱第一次去时你也都看过了，差不多，无非是钟乳、奇石、天河、天锅、天桥还有洞上洞、洞内洞等。当时，宝宝很高兴，我们就在湖边坐了，宝宝说喝酒，我说好。于是我开了酒，喝起来。在那样的地方喝酒，感觉真是不一样，酒不醉人人自醉。宝宝说，不是带塑料纸了吗？我说带了。宝宝说铺上。我于是铺了塑料纸。没想到，上了宝宝的当。他是不是童男子我不知道，反正他的童子功算是让我给他破了。

你们去是专为这事？

当然不是，文晴晴说，是宝宝看上了这个地方，现在正跟谷山县商谈项目开发。

6

闵繁浩又一次跟项天吃饭时，带来了一个项天没见过的女孩。项天看了一眼，闵繁浩说，小舒，旅游学院的。

项天说，噢，郭从甚那边的。郭从甚是项天的大学同学，旅游学院副教授。

不光是他那边的，还是他帮着给选的呢。

美女叫什么？

舒熙美。女孩说着，向项天伸出了手。

闵繁浩介绍说，这就是我给你说起过的，项天，你们郭教授的同学。

舒熙美倒上酒，我敬您一杯，听闵总说，我来舒美游乐还是您牵的线呢！

闵繁浩接着舒熙美的话说，去招聘的时候，郭教授很重视，专门做了安排，面试了十多个人，最后选了小美。

项天说闵繁浩，感觉你是在以貌取人。

闵繁浩说，她的学业可是也不差。不过，当时一看报上来的名单，我就觉得很神奇，我刚注册了舒美游乐，就冒出来一个舒熙美，这不是天意吗！

项天说，你这个人选人标准有问题，跟赌博差不多。

闵繁浩说，嘿，人生和一场赌局你觉得还有什么区别吗？

项天说，酒友呢？项天指的是文晴晴。

闵繁浩说，今天是谈工作，她没来。

谁说谈工作就不喝酒！闵繁浩听后只笑了笑。

舒熙美自己并不喝，却很会劝，每一句话都说得很熨帖。

闵繁浩说，我们喝酒，你给项天汇报一下项目进展情况吧。

舒熙美拿过一沓子文案，摊开在自己并拢的双腿上，眼睛却并没有看文案。我们的项目是长江以北最大的溶洞观光产品，里面包罗了冰川地带、南国风情、地下漂流、萤湖夜宴、山泉游船等等时尚旅游元素，因此总体设计……

舒熙美用优美的声音，舒适的语调，到位的描述，简洁准确地介绍了项目的总体规划、建设进度、市场定位，勾画出了美好的发展前景。

在舒熙美介绍情况的过程中，闵繁浩一动不动地坐在那里，听得很认真很仔细，比项天听得还要陶醉。舒熙美介绍的这些情况，他应该早已烂熟于心，可他愿意听舒熙美对他来说纯属重复和多余的讲述。他所以让舒熙美来讲，也正是因为他已经知道舒熙美完全有这个水平和能力。

舒熙美继续说，谷子山本来就是休闲养生之地，也是周边地区少有的山地风景区，再加上我们开发出的这些旅游品种，迅速打开市场，取得良好收益应该在预期之中。但眼下有几个问题，像现在建设的停车场，从未来发展角度看面积根本不够，应该把那片预留空地一起拓展，一次建成，这样省时省力。对洞中景点的挖掘还远远不够，这样的景点往往是会意而成，妙在像与不像之间，洞壁上其实还附着不少未被发现的自然构造的景点，重要的是命名如何巧妙。现在有一些景点已经初步命名了，是否还有更好的名称，仍然值得考虑，予以更换，是否可以组织有这方面专长的人员专门穿行一次，集思广益来解决这个问题。整个景区也需要进行全方位的文化包装，应该把与谷子山有关的历史人物、传说故事、风土人情一起拢进来，把旅游、养生、文化等几个要素融为一体，丰富项目内涵，增强产品的震撼力。就洞内灯光来说，太亮，前期建设时这是可以的，全部建成后，就得考虑灯光改造，通过色彩变幻、明暗调节等手段，区隔不同的主题，比如地下漂流最惊险的那一段就可以不留灯，以增加惊险悬疑的气氛。溶洞出口处的那个深水潭，有上万平方米，原来没有名字，如果跟洞内的萤光湖对应，可以叫阳光湖，如果想与伊甸的地名衔接起来，也不妨考虑类似伊丽沙湖之类的名字。将来可以建一艘大型的游船，因为洞中游览正常时间需三个小时，那么下午的客人出来时，差不多正好是晚饭时间，这样可以安排游客在游船上赏月晚餐。这样还可以把客人留在山上，所以游客中心的建设要充分考虑这个问题。客源形成后，也可以考虑配套一场小型演出。演出地点可以安排在游客集散中心前，或者停车场的一侧，也可以考虑安排在伊丽沙湖——如果叫伊丽沙湖的话——对岸的岩壁之上。那个地方，我曾经上去看过，上面有块二三百平方米的平面，稍加改造即可以形成一个舞台，位置正好对着溶洞的出口。讲解员的问题现在恐怕就得考虑招录和培训。对旅游景区来说，讲解员的作用实在太重要了，不是形象气质好就行，关键是能不能讲出味道。至于旅游纪念品的开发和旅游商店建设可以推后一步，现在还不急……

看着舒熙美利落地收起文案，项天觉得这个女孩不简单，思维很敏捷，思路很清晰，身上的学生气并不多，像是已经经历过一番磨炼和锻打。舒熙美很会收拾和打扮，穿戴得体，言谈优雅，认认真真，没有一句越界之语，给人一种很知性也很干练的感觉。看来这个人让闵繁浩选对了。

闵繁浩忙山上的项目，文晴晴的精力主要放在了闵繁浩原来在大卖场里的生意上。一开始搭建起简易工棚时，闵繁浩天天上山，偶尔凑合着在那里住一下。游客中心建成后，闵繁浩基本十天半月不回来一趟。青龙庄园的别墅文晴晴已经进行了重新装修，但两人还从未在那儿住过一次。文晴晴要打理卖场里的生意，大多时间住在空中花园。有闲暇时，文晴晴常约着纳小米去一座跟谷子山相连的桃花山，她们去的目的，是想听桃花山小庵中静宁师父唱歌。静宁师父原是越剧演员出身。文晴晴很喜欢越剧，跟静宁师父已经学会了好几段唱词。不过不是黛玉的，而是宝玉的。文晴晴唱宝玉倒是更符合她的性格。

这天，纳小米联系文晴晴，结果打了好几个电话，都没有回应。纳小米不知文晴晴闹什么名堂。空中花园在卖场里面，离得远，纳小米先去青龙庄园找，看能否撞上她。

不等走近，屋里就传出了越剧唱腔。

我以为百年好事今宵定

为什么月老系错了红头绳

为什么梅园错把杏花栽

为什么鹊巢竟被鸠来侵

好容易盼到洞房花烛夜

总以为美满姻缘一线牵

想不到林妹妹变成宝姐姐

却原来你被逼死我被骗

实指望白头能偕恩和爱

谁知晓今日你黄土垅中独自眠

林妹妹啊，自从居住大观园

几年来你是心头愁结解不开

落花满地令你惊

冷雨敲窗你病未眠

你怕那人世上风刀和霜剑

到如今它果然逼你丧九泉

文晴晴的唱功显然进步很大，听这字字句句，曲调悲催，感情饱满，痛彻肺腑。纳小米心想，文晴晴唱得也太动情了吧。推门，才知道门是虚掩着的。纳小米轻轻推开，里面没有开灯。纳小米说，省电呢这是！顺手把灯给打开了。

打开灯，并没有吓着文晴晴，倒把纳小米吓着了。文晴晴一脸泪花，孤立在客厅中，全身笼着一股幽怨之气，忧伤甚至填满了她左腮上的酒窝。

纳小米并没当回事就坐下了。文晴晴也停下了唱。纳小米说，不错啊，继续唱。

文晴晴说，你以为我唱的是《红楼梦》吗？

这……不是《红楼梦》？

我唱的是我自己。

纳小米从沙发上坐起来，什么意思？

宝宝结婚，新娘子不是我。

纳小米把情况第一时间给项天说了，项天急匆匆赶过来。说，走，我跟你去谷子山。

文晴晴说，我不想去谷子山，我想去桃花山。

项天说，桃花山也行。

项天陪两个女人下楼，楼下停着一辆火红的念风车。纳小米说，你什么时候换的？

宝宝刚给我买的。

说明他心里有你啊。

是有我。不过你看这是什么车，念风，标准的二奶车。我这还没做大奶呢，倒先成二奶了。

纳小米坐进车里，翻着说明书：念风，奶味风情，狂野火辣，流线

106

型的车身下暗涌波动，隐藏着放荡不羁的情怀。纳小米说，这款车跟你的气质很相符啊。

项天说，文晴晴别开车了，你们都坐我的吧。

到桃花山后，项天给闵繁浩打电话，让他过这边来。闵繁浩说忙。项天说你必须来。

闵繁浩来的时候，项天已经在小庵前迎候着他。闵繁浩想往庵里走。项天把他扯住了。

什么意思？

项天说，我想跟你在这儿比画一下。

闵繁浩看了看小庵前的一小片空地。好吧。

项天先出手。项天平时虽以内家拳自居，其实他并没有真正的套路。不像闵繁浩，在终南山用心学过。形意拳的正宗就是从终南山传出来的，后经河南一武师改造，方才最终定型。所以对闵繁浩来说，项天的出招不过都是小儿科，他只做抵挡即可。项天没有套路，但却是真出手。闵繁浩在抵挡中，格斗慢慢升级。一个是双脚腾跃，一个是鲤鱼打挺。一个是反掌锁喉，一个是二指点穴。一个是单腿扫蹚，一个是猛虎掏心。一个是毒蛇吐须，一个是弥猴拜月……一片桃林被他们搅得枝叶颤抖，乱草横飞。

闵繁浩因主要是抵挡，且战且退。他像跑酷一样，或拽桃枝，或蹬岩石，或跨沟跃坎，或侧翻逾溪，一路轻功，掠过一面面山坡，一片片桃林。项天跑酷也不是他的对手。但项天紧随其后，穷追不舍。两人在小庵后面的大石上继续过招。

两人转移了战场，却久不见下来。待纳小米上去看时，两人躺在乱石中都受了伤。

谷子山那边来人，把闵繁浩和项天接去了游客服务中心。

107

冬天的谷子山显得有些空旷。上次项天来谷子山，还是在闵繁浩的项目开业之前。那时正值秋天，正是谷子山最美的季节。漫山遍野的树木，浓密的森林生态群落，清新宜人的空气环境。他、闵繁浩、文晴晴、纳小米，还有舒熙美，五个人沿着景区西路往上爬。文晴晴穿着一身黄，纳小米罩着一件红风衣，舒熙美戴着贝雷帽，她们就像谷子山新添的三个鸟种，叽叽喳喳，让谷子山增添了几分美丽和生动。闵繁浩安排人在山顶上支起一口大锅，从山腰买来一只谷山羊，用山上的山泉水清炖羊肉汤。在伊甸一带，谷山羊是很有名的，号称是喝矿泉水、听音乐、做按摩长大的，其肉瘦而不柴，肥而不腻，鲜嫩可口。

炖汤的过程中，文晴晴提议打扑克等着，她想五个人打保皇。舒熙美说，你们打，我服务。

纳小米说，那就四个人打升级。

文晴晴说，小舒不能说不参加就不参加，咱用扑克抓，看天意，谁出局谁服务。

文晴晴找出扑克，选出一张红桃 A，一张红桃 7，一张方块 A，一张方块 7，外加一张红桃 3。规则是谁抓红桃 3 谁下。

开始抓。项天摸了红桃 A，纳小米摸了红桃 7。闵繁浩抓完就亮开了，方块 A。剩下两张，文晴晴抓了一张，舒熙美抓了一张。舒熙美抓起来，用手遮住自己先看了，不好意思地低头吃吃笑。大家便认为她抓的是红桃 3。

项天说，你出局了。

其实文晴晴抓的才是红桃 3。文晴晴说，这不算，是让大家熟悉规则的。这回才是真的。

这次是项天和纳小米先抓。然后文晴晴让舒熙美抓，说我和宝宝最后抓。

这次项天方块 A，纳小米方块 7。闵繁浩亮开后，是红桃 A。舒熙美摸了后，用手捂着不看。文晴晴这回先看，一看，吃吃笑。大家以为文晴晴摸到了红桃 7。文晴晴把牌亮开，结果还是红桃 3。

舒熙美的扑克连看也没看，就插进了牌堆，说还是我来服务。

刚打了两把，文晴晴嫌手里无好牌不好，不打了，要让舒熙美替。纳小米说，不能替。

舒熙美还是坐下了。闵繁浩问，很差吗？那战不过他们了。

舒熙美说，还行。

结果这一把打下来，闵繁浩和舒熙美赢了。

纳小米说，你这不是打得不错嘛。

舒熙美说，我不太愿意打扑克，凑个局还行。

闵繁浩和项天到的时候，舒熙美已经做了安排。一看，两个人的伤都无大碍。就在游客中心布了几碟小菜，放上了两瓶陈年茅台。

几杯闷酒之后，项天说，我记得，我曾带你去看过一次心理医生。因为在我看来，你要么是身体上有问题，要么是心理上有问题。其实后来我知道，都没有，只能说你天生就对女人过敏。但你什么也不解释，竟愿意跟我去。可你去了后，出来什么也没说。我很想知道当时心理医生都给你说了些什么？

我现在可以告诉你，闵繁浩说，心理医生是一个四十多岁的女人，抹着浓浓的口红，给我的感觉跟个老鸨没什么两样。那女人问的全是性事。女人闭着眼，一会儿轻轻摇头，一会儿轻轻点头。然后抓着我的手，摩来摩去。女人说，性，就是祸；男人，就是祸；女人，就是祸。然后就是自顾自地打开一面小镜了，照来照去。你说到底是谁更有病呢！也许她自己已经精神分裂了。

项天问，你是什么时候开始喜欢女人的？

109

你这话问的！

因为在我看来，你好像很不喜欢女人。而且你也在眯眯面前说过，你这辈子不会结婚。

人是会变的。如果非要我说从什么时候开始，只能说从文晴晴。

你一开始可是把她当酒友看待的。

她从来也没把我当一个有钱人来看待，我在她眼里太稀松平常了，就是一土老帽。好多时候她更像个男人。

说明她的性格吸引了你。

那天，在萤光湖边，很出奇，我竟发现她很美。

项天说，你能有这种感觉，我为你高兴。

可我看你不高兴。

那是因为，你根本不负责任。

闵繁浩说，这么说吧，我正是为了负责任，才……

项天摆手，打断闵繁浩，这我就不懂了，你用抛弃来负责，这是什么逻辑？

因为我喜欢上了别人。我原来对女人的确有成见，从心理上也排斥。经过与文晴晴后，我才明白女人不只是用来厌恶的，也是可以用来欣赏的，更是可以用来使用的。

项天说，我明白了，文晴晴让你懂得了女人的好，所以……说实话，我现在开始怀疑你当初去旅游学院挑选人才的动机。

这一点，你不用怀疑，我是个商人。

后来看，选舒熙美你根本不是在赌博。

当然，我说了，我是个商人。

我佩服你商人的眼力，舒熙美的确是块好料，但她再好也只不过是你工作上助手，任何非分之想对她、对你自己都是不尊重的。

我记得你多次跟我谈起过爱情。

项天说，我不想听，尤其从你嘴里说出来。你没这个资格。

不，对爱情我有我自己的看法。

你说！

闵繁浩说，男女之间仅有爱情，远远不够，根本锁不牢。因为爱情太空，太大，太虚幻，或者像你说的，太美好。不要以为我不懂得，只是我知道，越是美好的东西便越是易碎，想用一纸婚书那么一包裹，便万事大吉，那是不可能的。

那用什么？

用共同的事业。我已离不开她，我说的是舒熙美，显然她比文晴晴对我来说更合适。难道你不觉得是这样吗？

商人！

我是商人。

但你不能一切都从商人的效益出发，感情这事……

我不想跟你谈感情。

可你跟文晴晴……

我们是在湖边做过一次。

一次难道还不够吗？

你的意思是，只要有这么一次，我这辈子就必须拴到她身上？你怎么这么单纯呢！

我这不叫单纯。

那叫你什么？叫你傻瓜？我不能跟你一样，握着一个烫手山芋而饥劳劳地去找买家，你直接扔掉不就完了吗？我相信用不了多久，你就会跟纳小米结婚的。所以说，千万别拿感情的事去审判别人，因为你自己也同样经不起审判。

111

几句话竟把项天说得哑口无言。

接下来的酒，项天感觉已经不是为闵繁浩和文晴晴喝的了，而是为自己而喝。那么苦涩，一杯杯往肚子里咽。

项天终于把自己喝醉了。他没再去桃花山，而是在谷子山游客中心的套房里睡下了。爱情是美好的，爱情是美好的，迷迷糊糊中项天还这么嘟哝着。因为当初，项天曾经想无论如何要用终身守护一段婚姻，让爱情在尘世的烟火中，仍然不熄灭它温暖的火光。可惜他失败了。已经一败涂地。于是他寄希望于闵繁浩，希望闵繁浩可以打破有钱人就贪婪占有女人的魔咒，看来好像也失败了。

7

项天让纳小米出面请舒熙美，三个人一起吃顿饭。在伊豆河边的你侬我侬咖啡屋，项天和纳小米先到了。纳小米说，这小店的名字真好。

项天和闵繁浩在这家小店里不知吃过多少次饭，从来没关注过它叫什么名字，或有多少诗意。纳小米不同，她总是很在意这些，本来不起眼的事，她都觉得特有意思。

舒熙美到的时候，项天和纳小米已经喝完了一壶茶。饭吃得很简单。吃饭过程中，项天只与舒熙美聊了溶洞的项目。吃完饭后，项天让纳小米自己先回，说我跟小舒单独说会儿话。

项天问舒熙美，桃花山你去过没有？

听说过。

不远，紧挨着谷子山，我建议你有时间去看看。

舒熙美说，那边风景比谷子山还好吗？

不，那里有一座小庵。

我听闵繁浩说起过。

你知道吗，这几年，项天说，我和闵繁浩先后送过去几个人，全是女人。不，闵繁浩的父亲除外。因为他老人家失忆之后，一直住在那儿。先说小桃吧，她是闵繁浩父亲救助过的一个商户的女儿，她甘愿在那儿照顾闵繁浩的父亲。其实她曾与闵繁浩举行过一场象征性的婚礼，闵繁浩的父亲看上了她，让闵繁浩跟她成亲。闵繁浩先是不同意，后来拗不过，就做给他父亲看了，而且与小桃也有言在先。但小桃却从此再不考虑嫁人，现在已有了了却红尘的打算。后来，是我单身时的一个女邻居石在南，跟着丈夫到城里打工，丈夫工伤身亡，自己租住的房子坍塌后，生活不能自理，重压之下心力交瘁，精神分裂，被我和闵繁浩也送去了那里。再后来就是这家你侬我侬咖啡屋的一个小服务员，她为一笔钱为他人代孕，结果生下了一双龙胎，然后反悔，最终两个儿子被抢去，自己疯掉了。也被我和闵繁浩送去了那里。

您突然跟我说起这些是什么意思？

项天沉吟半天，说，我担心下一个去桃花山的人很可能会是文晴晴。

舒熙美哭了。

项天说，从能力上讲，你现在是闵总的得力助手，他很器重你，甚至有点离不开你的感觉。这是因为你的专业发挥了作用，显示出了优秀和优势。其实文晴晴的能力并不差，自从溶洞项目开始后，大卖场的生意一直就是文晴晴在打理，她能有条不紊顺风顺水地做下来，足见其能力和水平。文晴晴手里实际很有钱，她并不是看中了闵繁浩手中的钱才走到他身边的。你和闵繁浩的事一出，她并没有责难你，而是主动往后退。看上去她可能像一个老江湖，大大咧咧，什么都不在乎，其实她把洁身自好看得比什么都重要。项天继续说，当然，你给我留下的印象也非常好。不追求时尚，踏踏实实干事。但我觉得你跟闵繁浩是一种工作中的合作关系，可能闵繁浩过分地抬高了这层关系，以至于对他人生的选择出现了误导。

舒熙美说，唉，天意。

项天不解，这怎么会是天意呢？

舒熙美说，我小的时候父亲就没了，我母亲做生意。本来生意做得很好。可因为一次事故，一切被彻底改变。我母亲从伊甸大卖场进了一批家电，她跟货主是老关系，开始都是先付款再提货，后来建立起了信用关系，有时也先提货销售后再付款。但有一次在回途中，运输车出了事故。车辆没有入险，货品也没有入险。仅货品就三十万，不是一个小数。车侧翻之后，这批货品基本全报废了。我母亲在这种情况下，带我去了南方。我是直到高考才回到原籍的。我考学后的第一年，母亲就病故了。母亲有母亲的难处，但母亲的行为肯定伤害了另外一个人。这个人你知道是谁吗？就是闵总，闵繁浩。但闵繁浩到学院去招聘人的时候，我并不知道是他，我也不认识他。一切都是来了之后才知道。我觉得这是天意。没想到母亲当年欠下的债务，要由女儿来还了。抱着这种心态，我拼命地工作，甚至不求有任何的回报。而且，无论闵繁浩有任何要求，我都没想过要去拒绝他。

项天想不到事情竟是这样！默然沉吟。项天说，现在的问题是，闵繁浩要跟你结婚。

这我知道。我的想法也很简单，只要他愿意娶我，我就愿意嫁给他。

项天说，可你这是报恩，不是爱情。

舒熙美泪眼朦胧地问项天，那你说什么是爱情？

没想到舒熙美会有这一问，这还真把项天给问住了。舒熙美说，我是学旅游专业的，我喜欢这个项目。我能够走出校园就参与到这样一个项目的实施中，我觉得是我莫大的幸运。我已经投入了自己全部的热情和努力。我早已忘记了自己是在报恩。

那文晴晴呢？

她跟我没关系。

你就不怕她也去了桃花山的小庵？

她不会。

为什么？

她应该比我更懂得爱情。而且她应该知道那里也并非净土。

这样，项天说，我有一个建议，你看如何？你还年轻，你回校或去同类学校深造一段时间如何？这事我同学郭从甚就可以帮你办理。你可以借机再增加一下你的知识储备。

是个好主意。

你同意了？

同意。这次，我可以带着问题再回学校。但……进修后我仍然是要回来的。

项天心想，只要出去了，能不能回来那就两说着了。

其后一天，闵繁浩打过电话来，你是不是跟舒熙美谈什么了？项天明知故问，怎么了？闵繁浩说，熙美突然跟我提出她要回校深造，这正用人时候呢，她深的什么造！我让她拖拖，以后想去机会会很多。可她看上去心意已决，放言不让她去深造，她也要离开，而且永远不再回来。就跟突然换了个人一样。

项天说，谷子山的项目这么大，她肯定觉得自己的知识不够用的了。她想出去深造，这是好事啊。

你是这么想？

项天说，这不明摆着吗！

115

闵繁浩说，拉倒吧。她自己能想出这点子！你到底是给我搭台还是给我拆台？你这是自作聪明。说完就把电话扣了。

事情正待有个眉目，不想桃花山那边急报，闵繁浩的父亲突然昏迷，让闵繁浩抓紧过去。项天听说后，也匆匆去了桃花山。

项天赶到的时候，老人仍处于昏迷之中，静宁师父合掌打坐，小桃在床边守候。外面山风呼啸。

老人在第二天上午时约略转醒，闵繁浩赶紧靠过去，老人握着闵繁浩的手，气若游丝地吐出了几个字，你、是不是、这辈子、真不打算、娶小桃。说完后，老人就此故去，一派安静祥和。静宁师父拿过香烛，在静炉里点燃，开始诵经超度。

项天帮小桃收拾两个大型音箱，哀乐在山谷中回响。漫山的桃树仿佛都在瑟瑟发抖。闵繁浩说，老人家交代过我，他说他会在桃花盛开的时节离开。桃花呢？项天看看辽阔的桃花山，说，现在是冬天。

随后上山的文晴晴和纳小米，把小庵周边的桃树全部挂满了长长的白布条。山风吹起来，白色的孝布上下飞舞。高分贝的哀乐响彻山谷。

七天后，闵繁浩下山。临下山时，他专门见了小桃。他想把小桃带下山来。但小桃既不肯回城里，也不肯去谷子山。闵繁浩问她，你有什么要求？

小桃说，没要求。她认为桃花山就很好，她已经喜欢上了这座被桃花包围的小庵。小桃把一沓纸交给了闵繁浩。闵繁浩以为是老人家留下的嘱托，一看全是一些进货单、出货单和一些购销合约或经营协议。每一张上，都有着老人的签字。小桃说，他上山以来，一直没停地在搞"经营"。这是他每天签的单。

老人过世的时候，闵繁浩并没怎么哭。拿着这些单子，闵繁浩的眼泪开始哗哗地往流下流。他明白，父亲一辈子搞经营，已经习惯了每天进货出货的生活。即使在他失忆的情况下，他仍然没有对生意失忆。这些单子显然都是小桃给他假造的，但它却给予了父亲晚年足够的幸福和满足。

小桃在桃花山小庵正式出家了。

8

舒熙美在闵繁浩的父亲去世一段时间后，决定暂时离开舒美游乐，走的那天项天去送她。舒熙美提出走桃花山，她想到那儿去看一看。

真正的春天已经来临，桃花漫山遍野。远远听到静宁师父正在唱歌。

一个是阆苑仙葩

一个是美玉无瑕

若说没奇缘

今生偏又遇着他

若说有奇缘

如何心事终虚化

哎……哎……

一个枉自嗟呀

一个空劳牵挂

一个是水中月

一个是镜中花

想眼中

能有多少泪珠儿

怎经得秋流到冬尽

春流到夏

静宁师父唱得很投入，项天轻轻走到她身边，跟她说，师父，别唱了，诵会儿经吧。

舒熙美见过师父和石在南、小桃、你侬我侬咖啡屋的小服务员，这几个桃花源中人，差不多都已与红尘相隔。

项天把她送到桃花山半腰那条穿行在桃林中的公路上，舒熙美说，就到这儿吧。项天一直陪着她等到车来。车门开了，舒熙美把着车门时，转过身来跟项天说了一句话，你是不是不希望我再回来了？

项天一时很尴尬，脸上挂着空洞的笑，向舒熙美摆了摆手。项天看到她眼里此时涌出了点点泪花。

车开了。在车启动的一瞬间，项天对着即将关闭的车门，大声喊了一句，记着伊甸！说完，项天也流下了泪水。数年前，差不多在这同一个地方，有一个站在车下的漂亮女孩，也是对着一辆正在启动的车，喊了一声什么。那时项天正读大三，桃花山半腰这条桃花掩映的公路，是他从家乡枣园去省城的必经之地。他在这趟班车上遇见了一个俊美的女子，他们只用眼神便做过男女间你知我知的深刻对话。很快女孩在这条桃花掩映的路段上下车了，女孩是一个人下车的，但她却对着即行的车辆大声喊了一句，仓促间项天并没听清她喊的什么内容，现在项天突然明白，那女孩当时喊的或许就是"记着伊甸！"

那女孩是莫若兰吗？不是。

那女孩是纳小米吗？不是。

那女孩是舒熙美吗？不是。

对已经来到伊甸的项天来说，伊甸或许整个儿就是一个女人的化身。伊甸是一座适宜爱的城市，眯眯对这座城市的定位，是真的吗？

望着伫立风中马上就要桃花遍野的桃树，项天迷路了。

118

第四部　风　月

1

万相礼的周易馆开在伊甸市的劳燕路上，看上去并不显眼。

万相礼大学学的是地理，毕业后分到伊甸一中，教的当然也是地理。地理与命理虽然一字之差，两者却并不搭界。但万相礼愣是把两者搅和到了一起，整日里沉迷于命理相术。当年伊甸突然兴起了一种特殊功法，不少人着魔一样地跟着瞎热，这样的事肯定落不了万相礼，他似乎从中找到了精神归宿。家人劝，根本劝不动，劝不来，闹翻后一个人跑出来，不知通过哪条渠道打通关系，住进了雨巷，占据了其中的一间小平房。

雨巷这名字是项天的大学同学郭从甚给起的，它其实就是一条再普通不过的巷子，当时伊甸的房地产刚刚开始启动，还没照顾到这片地儿，它属于文化系统的地盘，文化系统就留下来做了临时的周转房。

周转房的确名副其实地周转，石刻艺术馆雕刻师刁费，住处低注，伊甸一场大雨淹了大半个城，把他的家和那些宝贝作品都给淹了。大名鼎鼎的他，其貌不扬，一身邋遢，家庭生活处得一般，受了很多憋屈和挤兑，正好借这个机会搬进了小巷，住进了小巷最西头的一间。伊西区陶瓷厂画工明子隐，被市里临时借调筹建画院，住到了刁费的东邻。伊豆县文化局副局长谭春秋人称大胡子谭大嗓，剧团出身，调任市剧团团长，刚报到，还未正式上任。这谭大嗓或许是嗓门大的缘故，把头顶给顶光了，只剩下一圈细发，他要一低头，你就感觉好像是一个体育场在眼前晃来晃去。文化商人迟德开作为人才，也是从县里刚调上来。项天经济学硕士还未读完，因为到伊甸大卖场搞调研撰写毕业论文，与在伊甸大卖场生意风生水起的闵繁浩再次相遇，有些突兀地做出了留在伊甸的决定。然后就是万相礼。当然，巷子里还有唯一一家不属于周转的长住户，那就是单位烧锅炉的农民工，褚库利和石在南夫妇。

小巷的东头是堵死的，只能从西边进，算得上是一片封闭的小天地。万相礼到来后，融合能力还算不错，小巷里几乎所有人的手，都被他硬掰着看过，每个人未卜的未来常常被他说得石破天惊。

他见费伯——也就是刁费——身体发虚、一副弱不禁风的病态，就给费伯说，您老不用紧张，有我，保您没事，晚上我给您发功，您可一定要注意接收噢。第二天，他专门堵着费伯，问费伯接收到了没有。费伯生性迂讷，不打诳语，所以并不能配合他，说没有。听费伯这么说，万相礼翻来覆去看自己的手，不断比画着推送的姿势，说这不可能啊！您真没接收到？然后很认真地拍着费伯的背说，收到的话你这个地方会有感觉，胸口也会发热，浑身仿佛有一股气流在升腾。

万相礼自然也给费伯看过掌纹，很认真地说，想不到费伯年轻时也花着呢！费伯听后，仅仅用气息捅出了类似感冒样的鼻声，憨憨地笑，露出一排黄牙，内心根本泛不起半丝波澜。

刁费，伊甸人没人不知道他是"石痴子"，平时邋遢，说他身上的衣服一两年没洗肯定有人信，一顶鸭舌帽往头上一戴，就是四个季节，大热天也不肯摘下来。平常鼻涕不断，长年总给人以感冒之感。善给人起绰号又总习惯把四字成语说成三字的明子隐，用"一成不"概括费伯，倒也不为过。

万相礼从其他人的手掌上统统看出了绯闻，一时场面显得挺热闹。褚库利很小心地近前，也想让他给看看，万相礼看了看，语气很肯定地说，你没有！

据说，万相礼在学校时人际关系处得比较差，一地荆棘。因为总觉得所有的老师都跟自己过不去，所有的领导都在打压自己。当初与他一同进校的，高的已干到教务主任，眼看就要提拔校长了，低的也是教研组长或年级主任，总之都有个小职小权。只有他，除了知晓一部分干巴巴的地理知识以外，几乎一无所有。他认为世界也不过是由天文和地理两部分组成，怎么说他也是掌握了世界的一半，理应受到待见才是。他听说校长常于周末攀登谷子山，且喜算命打卦，求道问卜，这下有了。他置办了道士行头，经过一番装扮后，去了谷子山，静静地等候在山腰处。好在校长并未"失约"，貌似一场邂逅之后，万相礼先以玄机搭言，引起校长惊异，随后向他求教。对校长的情况他当然了如指掌，所以他所言校长身世以及其所公处等等，自是丝毫不差。校长早已心下称奇，求其深入点拨。他便故弄玄虚，说：其欲上，必得万众瞩目。校长闻言，心中暗喜，因近一两年内，教育局将退下两名副局长，自己一直努力，有望补进。听闻大师所言，正有其意。便求其进一步深解，万相礼于是又送了他四个字"有缺，用多"。说完这些之后，万相礼装模作样地含笑捋须，隐去山林，只差没有唱《好了歌》。这边厢，校长遇此仙道，喜不自禁，不思登顶，半腰折返，并一路咀思，透析禅意。万众瞩目，又言用多，在其文字暗示下，校长便想到校内有一教师可是姓万。当下，不顾周末，急让办公室提交万相礼相关情况。不待材料送到，办公室主任却报出事，说今天市民族宗教局人员去谷子山谷安观时，半路查得一假道士，打卦行骗，此人便是本校教师万相礼，要求学校配合处理。校长一下撕了材料，随后处分了万相礼。可万相礼不服，三天两头去教育局上访，闹得众人皆知，二人的行为一度落为笑柄。校长想当副局长一事本来可能并无多大障碍，但让这事一影响，结果泡了汤。

万相礼从此也转了身，一头扎进了特殊功法的习练，想象着也能在自己的肚子里练出个轮子来。正在万相礼往他所谓的功法圆满上奔的时候，有关部门正式把那个教派定性为邪教组织。当天晚上，几个陌生人进到巷子里将他带走了，先是收容，然后由专门人员对其进行转化。这个功法的练习者大多都要经过练功、学法、弘法、护法四个阶段，听说万相礼已经进入弘法阶段，可见已经陷得很深，问题也已经相当严重。从转化班出来后，明子隐问他，这回改了吧？改了。明子隐摇着羽扇说，总算迷途知（返）。万相礼说，知。那什么时候回学校去？不回去了。先前明子隐曾动员他开个书画装裱坊，将来书香门（弟），翰墨飘（香），这时又重提此事。万相礼说，不来那个，没劲。

万相礼往劳燕路上跑了几趟之后，开起了一间周易馆。万相礼说，还是这个来劲。他让明子隐给他的店写个牌匾，明子隐放下羽扇，甩了甩长发，捋了捋毛笔，眼瞅着宣纸说道，虽然你自称卜算子，但我还是送你这么三个字吧：周易万。写完，扔下笔，说祝你旗开得。那个"胜"字明子隐肯定是不会说出来的。他喜欢把四字成语说成三字的话风，巷子里的人早已经习惯，不管他掉一个字还是掉两个字，反正意思都懂得。正因此，自称明公又善送别人绰号的明子隐，倒被费伯送了个绰号"明三儿"，并且加了个前缀：斯文扇明三儿。

第一次送他这个浑名的时候，明子隐摇着羽扇，拿腔拿调地大笑起来，嗷痕哏狠很，嗷痕哏狠很。明子隐的笑大家很熟悉，一听就是学的香港周星驰无厘头的标牌笑声。

2

万相礼周易馆的隔壁是一家工艺礼品店。为了睦邻友好，他主动过去拜访。因为一夜间，伊甸市冒出不少周易馆，所以店主人对他的周易本领其实是心怀疑异的，私下里跟店员说，什么周易，周易周易，胡诌容易。这会儿见他来了，故意说，怎么着，你给周易一下子？万相礼说，你要听我的我就给你周易。当然听你的。那你这个月把台面上的礼品全部换掉，只要三样：如意、大帆船、地球仪。然后给市区各个机关单位发宣传单就可以了。为什么？不要问为什么。能卖了吗？保准你一月之内就会统统卖掉。此事当真？当真。那积了货怎说？万相礼说，积下货由我双倍收购。

万相礼既然这么说了，店主觉得不妨一试。不想一月下来，竟然真的顾客盈门，三宗进货销售一空。店主甚感惊奇，这有什么好说的，确实是周易万啊。于是专门到他这边求教。万相礼神秘兮兮地说，信则可，此乃天机，不可泄露。

隔一天，"天机"来了。万相礼所谓的"天机"其实就是原来市一中的看门人，气功刘。气功刘对人体有气功一说坚信不疑，万相礼在学校里时始终被边缘，唯一的知己便是气功刘，两人常常在传达室交流到深夜，互相发功，神神秘秘，沾沾自喜。万相礼离开学校后，气功刘也转岗去了组织部传达室。上个月气功刘来看万相礼的周易馆，万相礼问他忙不？回答说极忙。组织部还忙啊？气功刘说，伊甸大水后三年没提拔干部，听说这回要动了，面很大。你咋知道？这一段，单位的人进进出出，晚上每个科室都在加班。只要他们都忙着加班，说明离干部调整就不远了。所谓的干部工作，说起来不过就是一伙人在夜深人静的时候，做出一些不能为外人所道的决策。听气功刘这么说，万相礼就记在了心里。正好礼品店老板请他指点，他便有了些把握。因为按伊甸官场规则，一般新任一把手，看望祝贺者大多会给他送上地球仪，昭示他能够胸怀全局，圆圆满满。新任副职，多半会给他送上一艘大帆船，昭示他仕途一帆风顺，破浪远行，还有乘势而上的很大空间。至于新提拔的中层干部，一般会送他个如意。

过了几天，工艺礼品店老板领来一位客人，请万相礼指点。客人是做建筑的，万相礼问他，古建筑做过没有？做过。塔呢？也做过。万相礼说，这就好，建议你最近专门出去走走，考察一下各地塔楼的规划和风格，公司近期的广告文案也多向做塔楼的经验和思考集中，然后你把做塔楼的资质和队伍准备好，那么近期公司很可能会招揽到一笔大生意。

三个月后，客人专程过来向万相礼致谢，说公司拿下了伊豆河塔楼的中标合同。不止如此，客人说，伊豆河下游有几座城市也想建塔楼，他们已经派人跟公司联系了。

万相礼的周易馆开业时，给巷子里的人都打了招呼。明子隐跟项天说，大家相处一（回），不能莫不关（心），咱去给他帮个人场吧。项天说，你说这老万，好好的当个地理教师多好，却喜欢上了算命打卦，起名，看风水，掐算出行吉日，提醒成事机缘，指点官运、财运甚至情运。以他给你看过掌纹后所说，你还有二婚呢！明子隐说，这世界五彩缤（纷），人各有（志），你听着就是。不过，他要真把周易研究透了，那也算他有福德。现在这世道，你也看到了，乱象丛（生），人心浮（躁）。他现在的选择倒是一巴掌拍在了生活的命门上。

项天没想到，明子隐竟然这么看。

3

项天用力拍打周易馆的卷帘门，半天才听万相礼问，谁呀？

我，项天！

万相礼打开门，睡眼惺忪。项天看他那副既邋遢又酸腐的样子，说干脆砸了门头吧！万相礼说，咋了？还咋了，你连我什么时候来都算不准还卜算子周易万呢！

深更半夜的这都几点了，你跑过来！

唉，没地儿去，一个人在街上瞎转，转了大半个晚上，就转到你这儿来了。

你应该还在蜜月中吧。

项天说，我那婚姻，你还不知道！

万相礼摇摇头。

项天说，你说说看今晚我都去哪儿了？

这谁知道！

项天说，嘿，你算呀！

这晚，项天从家里出来，先是一身慵懒地走上了女贞路，走到那棵树冠留着豁口的女贞树下，停下来，点上一支烟。因为当初他曾和莫若兰在这儿逗留过。当时莫若兰问，这是棵什么树？当时项天的心情远不是现在所比，所以他满是心劲在回答了一句英语：Glossy Privet。学日

125

语的莫若兰显然没明白什么意思。项天说，这种树北方很少街植，但它四季婆娑，枝叶茂密，树形整齐，不仅适宜观赏，而且非常实用。有些树比较娇气，但女贞不同，耐寒耐水，对二氧化硫、氯气、氟化氢等这些有害气体的抗性强，也能有效地抵御粉粒、烟尘等污染。现在伊甸正在大规模地开发，倒很需要这样的树来吸收沙砾和粉尘。项天的长篇大论，不太像是谈恋爱，而且也并未顾及莫若兰的情绪。因此莫若兰说，这完全是把人的欲望赋予了柔弱的树！仅仅是因为它们美丽吗？

项天从女贞路拐进了关雎巷。印象中关雎巷是一条静谧的小巷，引车卖浆的三两声吆喝，让小巷平添温馨。可如今，洗头房、洗脚屋、美容院一字儿排开，一座座复古的小房子，一个个精致的小门头，灯影摇曳，肉色泛红。头发是五彩的，时装是暴露的，眉眼是飞舞的。一个个曾经沧海，神态散漫，粉重情薄。廉价的性已经悄然撬开了一个叫卖年代。"小姐"一词已经与"清纯"二字无缘，在搭上资本冲撞和人性乖张的动车之后，它已经从一种称谓跃升为一种撸钱的职业。

从关雎巷出来，项天拐进了马竹巷，然后是梅青巷，一条条巷子，诡异的氛围大同小异，浓重的脂粉味和潮湿的暧昧气息，荡来荡去，向外流溢。

先生您好！先生您好！项天抬头，忽见一家店面灯火通明，几名女孩艳丽多姿，分列两排。项天下意识地退了两步，正好看到店面上方的牌匾：小苹果！这不是迟德开的会所吗？

项天感觉那霓虹正像血一样流淌。

会所的装修和陈设金碧辉煌，远远超出了项天的想象。正犹豫间，迟德开远远地看见了他。

迟德开领项天转了一圈，然后去了他的办公室。迟德开办公室很豪华，很气派。迟德开冲了茶尖，给项天扔过来一支外烟。

你现在还住那巷子？迟德开问他。

不，已经搬出来了。

是啊，早该搬了，现在都什么年代了。

项天看看这辉煌的会所，的确是那条破敝的雨巷所没法比的。不过，项天认真地说，雨巷其实挺不错的，我喜欢。

就那地方，你喜欢？

僻静，而且都是实在人，当然不包括你。

迟德开把弄着手里的打火机，并不恼，而是说，你觉得实在和傻子有区别吗？

当然有区别！

迟德开说，可在我这儿没区别。

听说当初局里调你来，是为经营文化的。

是啊，你敢说这小苹果不是文化？最起码也得算夜文化吧。

过了一会儿，迟德开又说，雨巷里的那些人，一个个都是榆木脑袋。

怎么说？

就说你吧，一个学经济的，到哪里不能大显身手，偏偏窝在一条破巷子里半死不活。

项天看到迟德开的办公室还有个侧门，这会儿半敞着，就问他，里面那间是干什么的？

画室。

你还有画室？项天有些惊讶。

这奇怪吗？

从没听说过你还会画画，项天揶揄他说，你属哪派？因为在伊甸画界，有新写意和后写实两大派，而且两派争得厉害，所以项天才这么问。

迟德开说，什么新写意后写实，那两派都不行。

127

你的画功如果跟明公比会怎么样？

这么给你说吧，画功并不重要。那个明子隐，别看他天天握着把纸扇，哼哼哈哈，嗷痕哏狠，跟真事一样，不会有多大出息。前段我去外省，在一个领导家里做客，不一会儿工夫，就去了三拨求画的，润格费多少咱就不知道了，你能说他的画功就一定比我好？迟德开摇摇头，自己作答：我不信。

迟德开的画堆了一堆，项天一张一张看了半天也没看出个究竟。项天说，我不懂画。迟德开说，我也不懂，而且我也不想懂。

迟德开的画，画的全是树。项天说，你这是要当画树专家啊。

狗屁专家！对我来说，它的意义全在这儿。迟德开用手指着每株树旁的一行小数字。项天仔细看，像是年月日之类。这啥意思？项天不理解。迟德开说，很简单，这是性爱画。我的目标是不多不少，这辈子画足它一百棵。

正说着，一个小姑娘进来倒水。迟德开说，你去忙你的吧。

小姑娘走后，迟德开问，怎么样？

项天说，什么怎么样？

刚才进来的小姑娘呀。

没注意，你问这啥意思？

呵，没啥意思，我意思就是你如果喜欢的话，我可以给你安排。

项天说，我已经结婚了，你不知道？

迟德开说，看你说的！这和结婚有什么关系。男人还能因为拥有了一棵树就不要大片森林了？

项天说，我……

迟德开说，你看你看，文化人就是装，可别说你不喜欢。

项天说，我真不喜欢。

128

不喜欢干吗还结婚来着？

这是两个概念。

迟德开说，现在女人们都想开了，确实没有必要把巴掌大的地方搞得跟雷区一样，不等轻轻一踩，"轰"就炸了。当风景区来运作，收收门票，多好。

项天只得把话题重新扯回到画作上，说你画的这些树看上去很眼熟。

肯定眼熟，外面女贞路上多得是，大叶女贞，小叶女贞。

项天不期然在一棵女贞树旁边看到了一个小小的"菱"字。迟德开说，嘿，电视台的，一个副总监。

是不是叫采菱儿？

你认识她？

我师妹。

迟德开说，那不好意思了。

项天说，他老公就是女贞路派出所的。

迟德开说，这我知道，武强嘛。

你就不怕他一枪把你给崩了？

迟德开说，你觉得可能吗？反正他开他的枪，我开我的枪。

项天内心里差一点冒出斯文扇明三儿"嗷痕哏狠很"的笑声，扔了画，回了外间办公室。

迟德开跟出来，又给项天扔了支外烟，项天说，不吸了。

迟德开说，吸支，不急。我有正事正要找你呢！

项天想，你还能有正事！

就听迟德开讲，是这样，我知道你不是伊甸人，但我听说你对伊甸还是很有些研究的。你能把伊甸和伊甸园联系起来，这一点了不起伟大。别看就这么一点，但却不是每一个人都这么去联想。因为伊甸过去就是

129

一个野甸子。现在不同了，伊甸已经发展起来了。在我看来，恋爱也是经济，结婚也是经济，早晚都得产业化。所以，我的想法是在伊甸建设一座大型的伊甸园，把男男女女从初恋到热恋到结婚的环节全包括进去，把伊甸打造成一座真正充满爱的城市。至于地方嘛，我也想好了，就是从金蛇山、银蛇山开始，一直向东，直到凤凰崖。这片地界完全可以拿出一个很好的规划。

项天跟商人朋友闵繁浩闲坐凤凰崖的时候，望着恬静的伊甸，他内心倒真的曾经想过，等有一天，等他也有那个经济能力的时候，他一定要在伊甸打造一座伊甸园。他甚至把这看作是自己留在伊甸的一个终极目标。所以他跟闵繁浩说，你等着，说不定哪一天我会做出一个大项目来，让你刮目相看。谈起项目，闵繁浩的兴趣就上来了，啥项目，说来听听。项天说，现在保密。

现在，同样的想法却从迟德开的嘴里说出来了，这让项天感到悲哀。一个沉迷于情色、希望能画足一百棵女贞树的人，却提出了建设爱的伊甸园的宏伟计划，并且想让伊甸变成一座真正充满爱的城市。这世上，还有比这更悖谬更荒诞的事情吗？

项天说，项目先放一边，我只问你一句话，你相信爱情吗？

迟德开回答得很干脆，我当然不相信。

这不就得了！说着，项天起了身。

4

项天没好气地给万相礼说，我去荷尔蒙那里了。

万相礼一下摸不着头脑，荷尔蒙？荷尔蒙谁啊？

130

迟德开！

明三儿这家伙不是叫他瞒天过虫二吗？

项天说，他是有瞒天过海的本事，可我给他改了，不如直接叫他荷尔蒙来得干脆！

万相礼笑笑，既然这样，以后我们就喊他老何好了。

对，不如我们就叫他老何。项天说，明三儿把繁体"风月"二字去掉边，单摘出"虫二"二字送给他，真是太合适不过了。我一进那个小苹果，就说不来是一种什么味道，后来我明白了，什么味？一股呛人的荷尔蒙味。真是金玉其外败絮其中！

万相礼说，他那地就该这样。

怎么讲？

万相礼说，开业前迟德开请我过去给看看风水，我看了。好家伙，这会所开的地方！按你的说法，凤凰崖是女人的头部，金蛇山、银蛇山是女人的胸部，西部大卖场有两大片区，正好是两条大腿，而那他那个小苹果，不偏不倚正好开在了两条大腿的相接处。出入大卖场的老板来来往往，大都从小苹果落脚，生意会红火肯定不用说，只是犯着一忌，阴气太重，太过糜烂。这么说吧，在里面待时间长的人肯定没个好。我今天就把话扔在这儿。

项天说，但听迟德开说，你可是在小苹果过过夜的。

万相礼微微红了下脸，说，是，这点我承认，我没你那么高尚。五千元一桌，酒喝得多了点，又是免费。

你能不能有点师德？

这你可得弄明白了，我早已经不是教师了。那天晚上，人家直奔主题，我本来还想不急，先说个话，因为正上学的年纪干吗不上学呀？这话才刚出口呢，结果人家说，哥，都到这儿来了你还想当圣人啊！一大早醒来后，我一直在想，伊甸的女人是不是被什么给蛊惑了。一条蛇就能把夏娃蛊惑，伊甸可是两条啊，一条金蛇，一条银蛇。

切，神道！项天并不吃他这一套。

万相礼说，不过，你得说，这个迟德开是个人物。你想他什么起点，什么学历，什么背景，却到了今天。当初在巷子里时，他一声组织出国游，就把我们都给忽悠了，而且巷子外面他也忽悠了不少人，然后把钱一卷，走了人。干什么去了，他趁住房改革先买下了几套房子。转手后，有了钱，开始攻关，拿下了大卖场里面和周边的户外广告权。这样就有了更多的钱，他就又开始了更大的扩张。

项天说，你听说过哪宗生意是他正常办下来的？没有吧，听说有不少人背后告他，除了商业贿赂，就是商业诈骗。

万相礼说，正是因为有人告，他的运气才来了。

这怎么讲？

伊中区有位大领导，万相理说，我一说你就明白，那可是说了算的主儿，他家大公子恰巧犯着一桩诈骗罪，正愁无计摆平。这个时候迟德开的事突然冒出来，于是就有中间人找上门来，做工作让他顶包，反正诈一次也是诈诈两次也是诈。只要应承下来，进去后再捞他，还可以得一大笔钱。这买卖对他来说合算，他愿意干。他们本想把他捞出来后，给他一大笔钱，从此离开伊甸，销声匿迹。没想到迟德开出来后，要命不走，并且看上了邻着大卖场的那片地，那片地过去是不毛之地，可大卖场繁华起来后，就不是那回事了，你就是在那儿种棵葱，它也能长成硬邦邦的金条。

项天说，噢，小苹果原来是这么来的。你知道得挺多！

万相礼笑笑，什么事我一算还不就知道了。说得跟真事似的。

项天说，我看你呀就别糟蹋周易了。

万相礼说，你要这么说我得烧上壶火，坐下来给你慢慢谈。

万相礼真的忙乎着烧水，然后问项天，你是不是觉得我是个江湖骗子？

你说呢？

我对周易其实是真有研究的。周易并不深奥，道理很浅显，许多宇宙人生的真相都在里边。如果你吃透它的义理，是可以推算出很多事情的前因后果的。但说起来这些只不过是周易的边边角角，充其量算下游的副产品，本来拿不上门面。问题是现在的人，功利心太强，你跟人家说那些深奥的义理根本没用，没有人会理你。不如干脆一点，你就去推算他们的官运、财运、情运好了，这下他们反而来劲了。这些事说叨来说叨去，你说准吗，可准不准已经不重要了。谷子山你知道，山里那块石头无非上面猴样下面马相，一下就出了名，扑着个马上封侯（猴）的音，求官者便络绎不绝，把块石头当成了组织部。我这小馆你看着不大是不，但每天的收入那可不是一个地理教师所能比的，而且真正周易的知识我基本没用上一点。那个建筑老板来求我指点的事你知道，说起来很简单，因为我听说一场大水造成伊豆河泛滥，有人从中故弄玄虚，说这么宽的一条河，没一点镇河的建筑，那水不泛滥才怪呢。为这事市里已经动了心思，当然他们不会从风水、镇河这个角度去说。所以，在伊豆河上建设塔楼就是早晚的事。退一步说，就是伊豆河不建塔楼，现在各地复古风刮得这么紧，做古建筑，修旧如旧，也一定大有市场。

5

从万相礼那儿回来，项天的心情并不见好。想当初，大家因着各种原因，像梁山一百单八将一样来到聚义厅。而且真的像梁山一百单八将一样，个个有了名号，石痴子费伯、斯文扇明三儿、卜算子周易万、瞒天过迟虫二、大胡子谭大嗓、冷火手褚库利。项天当然也有名号，项天的名号倒不是明子隐给起的，而是郭从甚起的，叫鸭蛋男柳项惠，是郭从甚耻笑项天，说他身居伊甸，冒充亚当，学柳下惠，一番绕来绕去之后，起出了这么一个不伦不类的诨名。

参与筹备画院的明公闲来无事，常常把一张小茶桌安在巷子里，要求大家跟他推杯换（盏）。那时，巷子里的男人们常常聚会，一起说些糗事。

谭大嗓讲，有一年我们到乡下演出，演完后，一干道具拾掇上车，在车下跟他们道别，彼此都说了一大堆热情洋溢的话语，气氛之融洽已经达到极致，总算到了分手时刻，握手道别，一一上车。没想到，剧团的车况实在太差，仿佛被隆冬夜晚的寒气给冻住了一般，怎么也发动不起来。我只好跳下车，又跟他们交谈。车子终于打着火了，跟他们再次挥手，他们也挥手，双方表达依依不舍之情。还没等我把手放下，结果车子又熄了火。我只好又下车。这样来回折腾了四五伙，村委会的一班人加上几个热情的群众，迎着西北风一个个冻得脸色青紫。双方都哆嗦着嘴唇，嘴上含混不清地表达依依不舍之情的同时，都在心里期望着尽快分手，分别的话语不知已经重复了多少遍。等真正分别时，我看到他们竖起的挥别之手，已经像一些干树棒子一样，凝结在了寒风中。后来，听说村委主任大病一场，跟大家交代以后千万别让剧团再来了，这哪是听戏，这是要命啊！

褚库利没去过多少地方，他说了在伊甸那场大水中发生在自己身上的事。他说，那天他是外出拉煤，结果被堵在了外边，煤是不能拉了，只能徒步往回走。那天穿着工装，一身油腻，越走水越深。没想到回到家一看，工装上沾满了小虾，收拾下来后竟有大半斤。正待要换衣服呢，结果老婆石在南说，他爹你先别忙，赶紧穿着这身衣裳再出去走一趟去！

让明公讲时，明公却没讲自己，而是讲起了费伯。巷子里乐于调侃也敢于调侃费伯的，只有明公一人。明公学着费伯的样子先吸嗅了两声鼻子，倒是惹得费伯一声讪笑。明公讲，在费伯小时候那还是物资相当匮乏的年代，日用小百货需货郎进村才能购得，那货郎来了，便敲着小鼓，叮不隆咚，那时我们亲爱的大师费伯还伏在奶奶的背上，只是一个会哭的主，好在货郎把货郎鼓一敲，哭声就止住了。大师在奶奶的背上与奶奶建立了感情，也喜欢上了货郎，特别是货郎的小鼓。不幸的是奶奶没把大师带大就早早走了，大师从此哭声不止，货郎再敲货郎鼓也不再管用。时有从菜园里下了新鲜萝卜者，走过货郎摊，货郎说好吃，便要来一个。要来一个的货郎并没有吃，他说你找奶奶是不？你看，奶奶就藏在萝卜里。大师哪肯信，一门心思哭起来，萝卜里哪会有奶奶？货郎说奶奶一定是藏在里面的，我这就帮你找出来。货郎竟是一个巧手，用一把铅笔刀，这里削一片，那儿割一块，不一会儿工夫，奶奶就笑吟吟地出来了。一见到奶奶，大师的泪脸变成了笑脸。大师于是也找了把小刀，寻到菜地里去，见萝卜就削。菜地的主人不愿意，大师就说我奶奶藏在萝卜里。可是，任凭他怎么找也没能找到奶奶，只有一地萝卜。

货郎又敲着小鼓进村，大师便去找货郎，向货郎求证萝卜的事。这时又有从山上挑着山柴路过者，货郎说这山柴很好，便要来一截。货郎说奶奶一定是又躲到木柴里去了。货郎开始用小刀在里面找。这回找的时间长，但还是被他找到了。于是，大师也拿小刀漫山遍野地找树棒、树根、树条，但怎么找也找不到，好像奶奶总躲着他。

大师又去找货郎，货郎看看既无萝卜，也无树棒，就随手拿起了身边的一块石头，说你等着，奶奶肯定又躲到石头里去了。货郎把石头带走了。第二天再来时，奶奶真从石头里慈眉善目地露出了半个身子。于

135

是大师又漫山遍野去找石头。

再后来，大师便成了大师。

项天说，嘿，大师原来是这么炼成的呀！

明公继续说，据说，前两年在日本，费伯举办大型木雕石刻艺术展，非常轰动。所有展品，用料极其简单，但所刻人物却个个栩栩如生，一件件珍稀艺术品，让观众叹为观止。当时《读卖新闻》有一个年轻的记者采访他，你是怎么走上雕刻艺术之路的？费伯说因为我奶奶善于捉迷藏，她常常藏在萝卜里。结果搞得记者一头雾水。费伯说，当然她有时也会藏在木棒里或者藏在石头里。记者听闻，心头的雾气更大。费伯跟记者说，我这么说，你应该懂得，因为人是可以藏起来的，是不是？

项天这次再走进巷子，竟然没能见到一个人。待了一会儿，才见石在南拿着一把烂叶子菜从外面回来。

项天正想跟石在南说上几句话，问问巷子里的情况时，突然听到明公"噭痕哏狠恨"的笑声从巷子外面传进来。接着就见明嫂半拖半拉地拽着明公进了巷子。今天明公的笑一听就有些特殊，因为他的笑，可以变换腔调，通过腔调调节，同样是"噭痕哏狠恨"，却可以很容易区分出是喜悦，是愤怒，还是不屑。

只听明公一边"噭痕哏狠恨"地笑着，一边大声嚷嚷，他，哼，欺我出身布（丁）。他，哼，想让我丢人现（眼）。他，哼……

看架势，明公是很愤怒的，到底因为啥呢？难道是另一个画派的人物又惹恼了他？公认的斯文扇明三儿今天的做派已经不再那么斯文。

项天赶紧过去，帮衬着明嫂把明公弄进了屋。问明嫂才知道，原来伊甸画院的筹备工作已经尘埃落定。抽调过来参与筹备工作的明公，自打抽调那天起，就认为自己进画院已经板上钉钉。所以住进巷子后的明公，虽然身处泥泞江湖，但心气却早已在庙堂之上。一头长发甩来甩去，一把折扇摇来摇去，已经提前拿捏出大师风范。可没承想，等画院的筹备工作尘埃落定，他却成了尘埃，被落定了，这下他怎么受得了！刚才他是从局里回来，在局里就已经大闹一场。谁劝也不听，谁拉也不回，局里人给明嫂打电话后，明嫂好歹把他拽回来。听说他在局里时，连续用三个字，把局长由大用说得昏天黑地，原以为你德高望（重），真想不到你老奸巨（滑），你偏听偏（信），听信谗（言），贪赃枉（法），排斥异（己），你无法无（天），助纣（为）虐……更让明公无法接受的是，竟然迟德开还弄了一个院外画师。他会画画吗？回答是当然会，他会画小树。

费伯回来了，来到明公的画室劝慰他。费伯的假感冒似乎成了真感冒，不断地咳嗽。好在明公已经慢慢从恼怒中走出来，基本恢复了常态。恢复常态的标志就是一把折扇握在手里，轻轻地摇，嘴里说，走吧，走吧。

费伯问，你要去哪儿？

明公说，北京。

6

大胡子谭也去了北京。

他能玩转县剧团，却怎么也玩不转市剧团了。上任后，本来踌躇满志地要带团到国外去演出，开辟国际市场，却不想就是在市内也生存不下去了。演员为了生存，只能去唱堂会。好歹听说伊豆县出了个典型，市里想往外推一推，他便想借此让市里出钱排出戏，却迟迟没批下来。他一趟一趟跑，把市里负责典型宣传的部门也给跑烦了，说，人虽然有重病，但还健在，不盖棺论定，拿不准。大胡子谭找到万相礼那儿，没头没尾地说，你赶紧给我算算，那人什么时候才能走。

万相礼问，怎么了这是？

不怎么，他不赶紧死，剧团就得死。

听明白原委后，万相礼一阵唏嘘，剧团都混到这步田地了。既然这步田地了，相信你也没招了。我给你指条路。

请讲。

你不如带着你团里的骨干，去演电视剧去。

这一下也抓不来啊？

万相礼说，项天对伊甸大卖场调研后，闵繁浩帮他出了本《经商记》，被他同学郭从甚的家乡方州要了去，准备拍成《方州商人》，这算不算机会？几十集的电视剧下来，你就是跑龙套也能混个脸熟不是？

大胡子谭说，听说你这么一个小小的周易馆，却能日进斗金，我一个团的兵力竟抵不过你。这社会到底怎么了？

7

伊甸大水时，费伯的一批成品和半成品作品都被淹了，临时搬进了雨巷。这大水早就退下去了，生活也早已恢复平常，费伯却一个人难得自在，乐不思蜀，不愿意再回到那个冰冷的家去。费伯平时在巷子里一般都是一个人悄悄地出，一个人悄悄地回。又不善言辞，所以很容易让人忽略他的存在。即使在熟悉他的外人眼里，可能也只剩下一顶空荡荡的鸭舌帽，在这座城市的大街上或小巷里漂来漂去。石在南说，巷子里的人大多离开了，我有时会过去看看他。只要有石头，好像他就不孤独。

有一天，项天突然接到石在南电话，说，可了不得了，你抓紧过来。

石在南在巷口迎着他，跌跌撞撞地一起进了费伯的屋子。石在南说，我本来是过来给他送碗水饺的。项天看到费伯工作台边上的一盘水饺，还冒着热气。石在南说，他就这么……

费伯已经故去。但费伯的故去让人觉得十分奇怪，因为费伯仍然端坐在工作椅上，一手拿着一枚放大镜，一手握着雕刀，工作台上摆的是一方还未完工的燕子石砚。费伯神情专注，面色黝黑，略带微笑。这不像是费伯的真体，而更像是费伯的雕像。

平日里，费伯的房门一直闭得很紧，但只要你愿意走进去，主动与他交流，他的脸上往往会挂出孩童般的笑容，任凭手指间的香烟自燃自尽，他也会袒露出一口黄牙，给你讲述他最新的作品。他甚至会不转眼珠地瞅着你，把你当作一块石头，让你生出他有可能在你脸上或其他某一个部位刻上几刀的担心。

石在南说，我当时端着水饺过来，看他这么认真，我还站在他身旁看了一会儿。见他一直不动，我这才把水饺放下，想跟他说句话。

冷火手褚库利因为单位工资低，项天通过采菱儿给他安排进了市里的殡仪馆。这儿工资倒高了，但一直瞒着孩子，甚至瞒着所有熟人，决定还是离开，到城北的板材厂去继续烧他的锅炉。费伯成了他离开殡仪馆前"接待"的最后一位"顾客"。

褚库利有些生硬地做着输送、喷油、点火一系列规定动作，拉下点火手闸的那一刻，他还是流下了眼泪。仿佛他来到殡仪馆，就是为了等待这一刻，等待无人照看的费伯，把他送去一个无人知晓的地方。那边没有人不要紧，只要有石头，费伯可能就不会孤独。

项天是和万相礼一起去的殡仪馆。送走费伯后，两人一同回到了周易馆。

万相礼一开门，就拥进了一伙女人。万相礼冲他笑笑，略显尴尬。

万相礼跟女人一一交流起来，项天听来听去，总算听明白了，万相礼是在指点女人们如何对付小三，通俗说法，也就是如今的卜算子已经摇身一变，成了小三劝退师。但看他的破解法术十分古怪，既有高低粗细各式香烛，也有铜铁锡泥各种器皿，还有佶屈聱牙的各种咒语和字符。根据破解力度的大小，收取高低不同的费用。

等最后一拨女人走了后，万相礼关了门，说今天不营业了，陪你说会儿话。

项天说，你都已经营完业了！

万相礼笑了笑。

项天说，你这已经不是周易馆了啊，如果叫家庭妇女疗伤中心是不是更合适？你这干的是妇联的活。

万相礼又笑了笑，我知道你可能看不惯。

过了一会儿，万相礼说，事情是这样，最早有女顾客来时，我跟她们顺便拉起一些家常，结果发现一个问题，那就是十个女人能有八个正在揪心丈夫的出轨。有一回，有个女人来找我，她其实是来求教风水的，可我不知道。没等她开口，我就开了言，我说你这个事好办。女人显然被我搞糊涂了，说我还没说什么事呢！我说你不用说我也知道，小三黏上你老公已经有些时候了，你该出手了。听我这么说，女人只吃吃地笑，后来什么也没说就走了。哎，你猜结果怎么样？没过多长时间，女人来了，进门就哭，说你真是神通，我什么不说，你就知道是什么事。原来这女人从没怀疑过老公，觉得他可以一万个放心。经我一说后，她开始留意，这一留意不打紧，老公何止有小三，有名有姓的就有三个。

项天说，这婚姻家庭生活咋突然乱了呢。

万相礼说，问题的症结不是婚姻家庭生活乱了，而是人们的心乱了。我在转化班里的时候，这个问题就想清楚了。所以说，我能很快从转化班里出来，并不全是管教人员管教的结果，也是我自己悟的结果。你说我教学教得好好的，怎么会突然迷上那个神乎其神的功法，练练就能在自己的肚子里练出个小轮子？你说这不扯淡吗！可我当时就是信了。说到底也不是真信了，无非是在一个集体里不被接受，然后到另一个集体里去找归属感。

项天说，说到底，费伯才是个心静的人。只是可惜，他已经走了。

万相礼说，也未必，我认为费伯那静是压抑出来的。

过了一会儿，万相礼突然说，迟德开的老婆前段时间到过我这儿。

你怎么知道是迟德开的老婆？

嘿！她来的时候拿了一卷画，画的全是女贞树。我基本断定就是她了。我装作不知，问她，啥意思，想让我鉴定？女人说，不需要，我已经鉴定完了。这不是树，这一棵一棵的都是人。女人问我能不能给他治治病？我说，这个我治不了。

女人讲，迟德开是从农村上了县城一所偏远的中学，这座中学附近有一所监狱。他学习不好，常常逃课，无别处可去，又对监狱好奇，因此常在监狱周边活动，这样慢慢跟狱警熟络起来。开始是狱警指使他给他们跑腿买点零用品，赚个跑腿费。后来犯人也托他买东西。他一看往监狱里卖东西赚头实在太大了，干脆把学停了。女人在一家超市上班，他来回去那家超市买东西，一来二去的就熟了。他知道以他的身份出现肯定把握不大，就趁狱警换洗衣服的时候，把警服偷出来，约见她。后来女人失了身。后来就随着他到了市里。

万相礼一边说着，一边吸溜了两声鼻子，那声音竟像极了费伯。项天吃惊地看过去，看到万相礼的脸形扭曲，仿佛是费伯真的从天堂又折返了回来。

项天掏出烟，点上。烟雾慢慢往上蒸腾，飘荡着一缕虚妄。

突然有一个电话打进来，万相礼看看号码，起身去接。项天听出对方是一个女人。听女人说，你想吃什么，我给你带过去。万相礼说，你随便买点吧。

项天说，不像是顾客。

原来是。

现在呢？

万相礼说，很快你可能得叫嫂子了。一开始我帮她拿小三，可是一直没能拿下，她一气之下不拿了，决定离婚，和我在一起。

8

明公从北京回来，想约着聚一聚。明公的气场跟当初离开伊甸时已大不相同。有人给书画界的人士总结出"唐宋元明清"五个发展阶段。唐（糖），刚开始入门，写写画画，心里甜滋滋的；宋（送），一段时间之后，自觉有了些模样，见人便送；元，情况好转，开始有了润格；明，作品开始明码标价；清，先付款，再拿画，两清。现在的明公已经"明"了。

项天打万相礼电话打不通，就直接去了劳燕路。大白天周易馆却关着门。项天敲开后，见万相礼情绪十分低落。身旁摊开一本书，第一页便是：这是最好的时代，这是最坏的时代；这是智慧的时代，这是愚蠢的时代；这是信仰的时期，这是怀疑的时期；这是光明的季节，这是黑暗的季节；这是希望之春，这是失望之冬；人们面前有着各样事物，人们面前一无所有；人们正在直登天堂；人们正在直下地狱……

怎么回事？项天问。

万相礼说，那女人跟到我这儿来求风水的一个老板跑了。

万相礼抄起一把斧头，项天说，你要干吗？

万相礼说，帮帮忙，把"周易万"这块匾牌砸了。

砸了？

砸了！

不干了？

不干了！

那你下一步怎么办？

找个学校，教地理去。

项天说，先别砸。

万相礼问，怎么了？

项天说，你开了一回周易馆，我从没找你算过，有件事，我想请你认真算算。

你说。

项天说，在你看来，现在这种乱象会持续多久？社会会这么一直走下去吗？

万相礼手里紧紧握着斧头，很坚决地说，不会！

第五部 萤 火

1

这是一条雨巷。一条房改后被忘记开发的巷子。一排平房掩映其中，早已经让人忘记了它的存在。它破败，凋敝，又赶上伊甸多雨，满巷子爬满了青苔。

项天占住了其中的一间。

项天带着行李，第一次打开这间小房时，里面蹿出一股霉味。当天安了床铺，第二天吊上了顶棚。经过简单收拾，感觉也还算是那么回事。

隔壁是一对临时工夫妻，男人褚库利在单位烧锅炉，女人石在南跟着男人来到伊甸，一直没有正式工作。两个孩子，女儿英雪，十一岁，男孩英雨，九岁，已经读小学四年级。

英雪是这条偏街陋巷中的小精灵，虽然素衣素服，但小身子却总是直直的，脸上很光滑，像瓷面一样闪着光，跟上等的玉石没什么两样。英雪的嘴巴很甜，巷子里常常听到她喊叔叔阿姨的声音。特别是她穿上校服的时候，样子特别好看，就像一个降福的小天使。如若走在大街上，没人会相信她是这个贫民窟的孩子。

英雪对校服非常珍爱，不几天就洗一次，干净整洁，一尘不染。放学回来，就换上家常便衣，衣服虽然破旧，但穿在她身上，一点也不显难看。

项天自打入住小巷，感觉就跟这个世界失去了联系一样。他老家枣园，在伊甸没几个熟人。似乎没有人要找他，即使找他也不会那么容易找到，外人大多都是在走错地儿的时候，才有可能不期然闯进来。所以平常除了英雪经常这门出那门进以外，别人很少有踏进他小房门槛的时候。

英雪已经习惯写完作业后抱着一只小花猫来到项天房间，有一搭无一搭地跟他聊天。有时候是那只小花猫先过来溜一圈，像是英雪派出来的特工，侦察好了，咪咪两声，发出安全暗号，随后英雪再跟过来。

英雪的那只小花猫，让项天常有似曾相识之感。项天单位的眯眯装扮时尚，贴着长长的睫毛，涂着厚厚的眼影，长着两只毛毛眼，闪闪烁烁，一副见老鼠就拿的样子，跟英雪的小花猫有得一拼。

因此，项天常常从英雪的怀里把猫抱过来，逗一逗。有一次，英雪问，叔叔，你是不是喜欢猫？项天说，是的。那你是不是也喜欢我？项天说，是的。那我问你个问题，你是因为喜欢猫才喜欢我呢，还是因为喜欢我才喜欢猫？

没想到英雪竟提出这样的问题。项天望着可爱的英雪，说，是一起喜欢的。英雪笑了，嘿，叔叔你可真会骗人！

骗你了吗？

英雪说，叔叔一定是因为喜欢猫才喜欢我的！我看得出来。

听英雪这么说，项天把英雪和猫一起抱在了怀里。你看，我喜欢谁？

英雪挣脱着下来，坐到写字桌前，看压在玻璃板下面的一些照片和图画。英雪说，叔叔，你天天坐在家里，不上班吗？

上班啊，我坐在家里，就是上班。

在家里怎么上班？

我的工作任务就是写东西。

你都写什么？

什么都写。

写了干什么？

发表。

发表以后呢？

让想看的人看。

那你给我看看。

你现在还看不懂，以后给你看。

英雪抓起写字桌上的几张汇款单，这是什么？

稿费。

我看看多少，不少啊，叔叔你看我也写行不行？那样的话我就不用跟我爸妈要钱了。

你现在的任务是学习，以后等你长大了，学习也学好了，想写也可以。

英雪说，叔叔我再问你件事行不？

项天不知道英雪这次又要问什么。怎么不行，你想问什么呀？

你谈恋爱了没有？

英雪问了一个很成人的问题。

你才多大啊，你知道什么叫恋爱！

这还不知道？电视上多得很，不就是说一回，笑一回，然后哭哭啼啼的。不是这样吗？

看不出，英雪还真是人小鬼大。不过她对恋爱的定义，似乎也未出大概。

英雪说，你先说你谈了没有？

项天回答她说，没有。

英雪说，又骗人了。这是谁？英雪指着压在写字桌玻璃板下面的一张照片。

噢，我大学的一个同学。项天不想告诉她，那是他大学时学校里的校花。

她能跟你结婚不？英雪问。

这个……应该不可能。

我看能！英雪却说得很坚定。

你为什么觉得能呢？

英雪低着头不说话。在校花照片的旁边，有一张项天大四时的照片。英雪说，你这张挺好看的。她的那张也挺好看。不过她要真不跟你结婚也不要紧，我跟你结，叔叔你说怎么样？英雪一边说一边眨着眼睛，眸子像两潭湖水，盛满纯真，洋溢着小孩子惯有的淘气。

那可不行，你还是个孩子呢！

英雪兀自嘿嘿嘿调皮地笑了，我是跟你开玩笑的！

你还会开这样的玩笑？

这有什么！英雪说，那天巷子里的费伯问英雨，你们班里有漂亮女同学没有呀？一看费伯就是想逗一逗英雨，可你猜英雨怎么着，他说，你都多大年纪了，不是有老婆了吗，怎么还问这个？把费伯抢白得半天没说上话。

英雪学着费伯的样子，吸溜了两声鼻子，学得还挺像。然后，自己先吃吃地笑了，笑得很纯真，也很甜美。她怀里的小花猫肯定没弄明白是怎么回事，愣愣地看着，不明白到底是什么事能让她这么好笑。

147

项天的大学同学郭从甚听说项天为写研究生论文到伊甸调研，竟然留在伊甸就业了，这让他感到好生奇怪。很快又传来项天要结婚的消息，郭从甚更是惊得没话说，这个在学校里压根儿不近女色的人，却这么快要结婚了。郭从甚说什么也要到伊甸来看看他。

你……就住这儿啊！面对巷子里发霉的小平房，郭从甚有些惊讶。

寒碜了些是吧，不过也还好。项天平静地说。

你就打算在这儿结婚？

不行吗？

郭从甚摇摇头，不会吧！

项天说，单位已经建起了最后一幢福利房，有个同事，摄影部的郝岩已经有房了，把名额让给了我。

你这便宜可是捡大了！那去看看你的新房去？

刚收拾完，一屋子的甲醛。没什么好看的。

两人出了巷口，巷口停放着一辆半新不旧的雅阁，郭从甚正待从车边走过去时，项天把车门打开了。郭从甚长着一对小眼睛，这时一对小眼睛瞪得溜圆：你的？

雅阁车开动起来，连着穿过小荷路、女贞路、柳梢头路、并蒂莲路、向日葵路、劳燕路，一路向东，来到了距伊豆河不远的青龙山庄。

郭从甚跟在项天后面，在一幢别墅跟前停住。郭从甚望着眼前的别墅，再次瞪大了他那双小眼睛：你的新房啊这是？

说话间，门开了，闵繁浩迎出来：是郭教授吧。郭从甚才知道项天

148

这是带他来见闵繁浩。

呃，你知道我？

项天经常说起你。

别墅三层。一层一层看下来，郭从甚嘴里啧啧有声。

项天这时给郭从甚介绍，闵繁浩，也是电话里多次给你说起的，兄弟。

郭从甚嘘着茶水，对着闵繁浩说，你能把项天留在伊甸，本事不小。

啥本事？不过朋友。

郭从甚说，不用说，项天那车应该是你送他的。

旧车，刚替换下来，已经值不几个钱，给他做个代步工具吧。

看得出，你们的关系很铁。

闵繁浩从容一笑，男人之间没那么复杂。

闵繁浩急着去西部大卖场，并未留饭。对郭从甚说，不好意思，回头再请。

从别墅出来，车到青石巷口，项天停了。两人下车，顺青石巷而上，往凤凰崖处登攀。青石巷，是项天和闵繁浩跑酷的地方，每次跑过一阵后，常常到凤凰崖上去坐一坐。崖头上风轻气爽。

登上崖顶，项天说，这是我和闵繁浩常坐的地儿。这地儿清静，没事可以在这儿打打坐，排排身上的毒气。

这一段时间，伊甸的天一直未放晴，此时仍然乱云飞渡，片片黑云从他们头顶上掠过。崖下，整座伊甸城笼在一层雾气之中。

第一次来伊甸吧？项天问。

第一次。

感觉怎么样？

还行，有股仙气。

149

想当神仙的话赶紧来。项天调侃他。

我倒是真想来，可我当不了神仙呀。

项天说，怎么感觉你情绪有些伤感？

怎么说呢，蜻蜓又找我来了。

蜻蜓，是项天和郭从甚读本科时的一个女孩，因为腰特别细，就有了这个代称。

项天说，她不是本科毕业就回到原籍去了吗？

是回去了，但又到旅游学院进修来了。

没结婚？

没。听说连男朋友还没有呢！

那蝴蝶知道这事不？蝴蝶是项天和郭从甚给一个研究生师姐起的外号。这师姐长得轻盈，一天到晚在校园里飞来飞去，活力十足。

郭从甚说，你想，她能不知道吗！

说话间，一道闪电划过，又"咔嚓"一声，跟过来一阵响雷。天上阴云积聚，一场大雨就要落下来。

3

晚上的雨下得真大。一会儿工夫，整个顶棚已经狼藉一片。中间部分被水浸开后，水滴开始往床上落。郭从甚赶紧帮项天揭了铺盖，找来脸盆接水。

两人在床沿下坐了，接水的脸盆不一会儿就满了。过了好长一阵，外面的雨才开始慢慢小下来。房顶仍然有水稀稀拉拉往下滴，隔个三两分钟吧嗒一滴，砸在脸盆里，发出清脆的响声。

项天说，今晚这觉难睡了。

听听这雨声也好。

倒是，项天自嘲说，像不像古人夜晚的更漏啊！

郭从甚说，今晚干脆别睡了，就这样守着，你我兄弟畅叙往昔岁月，倾听夜的更漏，回归一下古人心境。

项天知道，郭从甚的心中正窝着一堆潮湿。就说，也好，难得有这意蕴，权当浸润一下唐诗宋词吧。

我这次来的目的你明白。郭从甚说。

项天说，明白，来看我嘛。

看你也是应该，我是不明白咋搞个调研就留下来了呢？我猜想，别看在学校时一本正经的，不用说一定是在伊甸遇上女人了。

你以为我是你呀！

我承认，在这方面咱两个人的区别的确挺大。

是闵繁浩，他说，别看就晚这么一年就业，却损失一套房子，这不划算。闵繁浩商人，处处以商人眼光看，事事从买卖角度讲。他说等房地产一起来，再加上大中专学生不包分配，我把这句话先放在这儿，你等着看，不用多长时间学历就贬值了。我以为他说得有道理。再说，你也知道，我喜欢历史，喜欢文学，到头来却学了经济。

嘿！进哪所学校，学什么专业，你觉得这重要吗？都不过是一张找到饭碗的凭证而已。

闵繁浩人家没学经济，可照样纵横商场，日进斗金。

看到桌子上也有了积水，项天忙起身收拾桌上的一摞书。

什么书这么一摞？郭从甚问，说着起身抽了一本。

《经商记》，郭从甚读出了声，日记体长篇小说，项天著。

郭从甚瞪圆一对小眼睛：你这是哪门子风？

151

项天自嘲地一笑，如果把书名改成《现代商贸发展趋势论稿》，可能你就明白了。

也就是说，这就是你的调研成果呗。

项天说，我可是认认真真记了七八个大本子，现实中的经济生活要比书本和课堂鲜活多了，这里面全是故事。

所以你就改成了小说。

我压根儿就没这么想，都是闵繁浩闲来无事，瞎鼓捣。

这也难为一个商人了。

不难为。他其实不能算是一个纯粹商人，他身上一直有浓浓的文学情怀。

还文学情怀！就看那一身肉吧，看不出半点的文学细胞。

项天说，呃，据他自己讲，他可是写出过二百多万字的作品。

我咋从来没听说过。

他一个字也没发表过。

你没问他都写了些什么？

项天说，估计与武侠有关。他迷文学，也迷武术。听说，他在少林寺待过一段时间，后来又去了终南山修炼了一阵。

真的假的？

只能信则真，不信则假。

郭从甚低头翻着书，突然笑了。他随手翻到的那一页，是四个女人打麻将的故事。项天讥讽郭从甚，我就知道这样的故事合你胃口。

四个女人打麻将，说的是伊甸大卖场里有一个商户，生意做得很好，不过这生意根本不是他做的，而主要是他老婆在做。他呢，天天跟个混混一样，无所事事，拈花惹草。老婆一边忙着搞经营，一边还得防着他偷腥，搞得筋疲力尽。后来，他老婆想，与其如此，还不如一脚把他蹬了，图个清静。有一天，他去买香烟，过去都是成条买，现在手头紧了，只能成盒买。买了十八元一盒的，付费二十元，找回来了两元。小超市一边有一家福彩，他没地儿可去，揣着烟想进去先吸两支再说。彩票两元一注，这正有两元零钱呢，买了！事情就是这么神奇不，生活有时真的就这么不可思议，两元钱一下换回来了六百万，跟做梦一样。这一下，他来了牛逼。老婆没想到这家伙还能发这么大个外财，便要求复婚。可这家伙哪顾上吃回头草，瞎牛也知青草嫩，很快黏上了一个小的，结了婚，有了一个孩子。这社会就不怕你喜欢小的，只要有小的，就有比你更小的；只要有俊俏的，就有比你更多狐媚的；只要有喜欢享受的，就有比你更物质的……总之，只要你敢堕落，就一定有比你更没有底线的。这社会螳螂和蝉都不怎么被看好，只有黄雀大行其道。所以，小的小的小的，嫩的嫩的嫩的，鲜的鲜的鲜的，美的美的美的，这家伙一会儿结一会儿离，连着折腾了三次。而且每一次都留下了一个孩子。如此一来，不止大老婆三日两头上门，后来又离了的两个也不让他有片刻省心。最后面的这个小的，一开始坚守阵地，寸土不让，但以一抵三，穷于应对，眼看也要败下阵来。如此一锅稀粥，周围的商户们不仅觉得有好戏可看，也一概认定这人完了，这生意还怎么做得下去，只这群女人早晚也会把他给生吞活剥了。就在如此不可开交之时，他把怂劲一收，开始出招了。他果断跟最后面的这个也办理了离婚，然后跟原配复婚，原配自己的生意交由他来管，原配的任务由原来在一线经营转为二线内务管理，每天负责把三个女人召集起来打麻将，输赢的钱全部由他来出，每人及各自孩子一应生活费用也全部由他来安排，前提是大家必须团结和睦，生动活泼，闺阁情深，不准再到他这里来闹事。凡无故制造事端，一律给予严厉制裁。原配犯事由他亲自处置，其他三人犯事，由原配全权责罚发落。待这计谋一出，逐渐开始呈现和谐局面，所有矛盾基本浓缩在了麻将桌上，控制在了麻将筑起的小长城范畴之内，小矛盾小冲突，无须他再劳神，原配就处理了。他则抽身专注，生意渐渐风生水起，不但未败，反倒更加红火。因为，几个女人也不是天天打麻将，既然和谐了，就拧成了一股绳，遇事，几个人一插手，人多力量大，从从容容便可搞定。

项天调侃郭从甚说，学学人家，别一只蜻蜓一只蝴蝶就搞得天下大乱！

郭从甚的注意力还停在书上，问，印了多少本？

项天伸出了四个手指头。

四千？

项天摇摇头。

四百？

项天摇摇头。

总不会是四万吧。

项天说，四十。其实印四本可能就足够了。

郭从甚说，我走时拿一本。

项天说，随你便。

4

早上，项天和郭从甚是被英雪嘤嘤的哭声给惊醒的。两人感觉不过刚眯下一会儿，其实天已经亮了。

项天先起了床，走出来，见褚库利正面向小房，仰头打量房顶。项天说，是不是你这边也漏雨？

也漏。

见石在南从屋里出来，项天问她，怎么听着好像是英雪哭了？

你说这孩子，这不房子漏雨，校服上滴上了雨水，浸了一片，她嫌脏了，怎么也不穿。学校今天有集体活动，这不穿校服怎么行！

从已经敞开的门里，项天看到英雪正用毛巾蘸着水一处一处地擦洗，然后赌着气，很不情愿地穿上，抹着眼泪走了。

项天和郭从甚站在巷子里，看英雪一个人擎着伞走了。随后英雨背着书包，也优哉优哉走了。接着是褚库利和石在南。

项天和郭从甚搬了张小桌，在巷子里坐下来喝水。看着一巷的泥巴和青苔，郭从甚说，我咋突然有种戴望舒《雨巷》的感觉。在这寂寥的雨巷，有结着愁怨的姑娘！

老郭你是不了解这雨巷。这雨巷可不寂寥，而且也没有你说的什么结着愁怨的姑娘。

刚才那小姑娘叫什么？

褚英雪。

嗯，挺漂亮。

你看她结着愁怨了？

呃，她这个年龄你叫她到哪结愁怨去，只能是灿烂的阳光四处照耀。至于长大了嘛，那可就难说了。

你这么肯定？

哪个人成长的背后不背着一串故事！

项天说，英雪是这偏街陋巷里的精灵。

郭从甚说，没她，这巷子可真说破落了。

项天说，这巷子破是破了些，里面却住着不少人物。斯文扇明二儿，也就是画家明子隐，自称明公。石痴子费伯是雕刻家刁费。大胡子谭春秋，剧团团长出身。文化商人迟德开，我们都喊他瞒天过虫二。卜算子

155

周易万，叫万相礼，本是地理老师，现在在街上开起了周易馆。褚库利，也就是褚英雪的爸爸，单位烧锅炉的，人称冷火手。他儿子褚英雨，也是个角色，明公送他的外号是青脸鬼英择端。

他怎么得了这么个外号？

在家的话，起码咱可以欣赏欣赏他的画，看看他的新写意写得怎么样。

项天说，

你早来几天的话，能看到一幅名画。

什么画？

《清明上墙图》。项天一边说一边在小巷的一面墙上比画。褚英雨是个捣蛋鬼，一放学，喜欢往明三儿的画室钻，常常抓着他的画笔乱画一气，抹得一脸墨青。前一段，明三儿外出时未锁画室，可让英雨给逮着了，放学回来，倒腾出他的颜料画笔，就着一面墙壁，从西头一直画到了东头，画了一堆歪歪扭扭的市井人物。明三儿回来后，一手握着折扇，一手捋着长发，端详了半天，兀自"嗷痕哏狠很"地笑了一通。笑过后，把巷子里的人都叫了出来，一同欣赏，而且给壁画起出了一个标题：清明上墙图。

郭从甚想从墙壁上再寻出《清明上墙图》的踪迹。项天说，进入雨季，画作已经脱落了。

听你这一说，一条破巷子却整得跟个情义江湖似的。干脆把那个漂亮的小姑娘褚英雪也给起个江湖名号吧，油纸伞丁香。

项天说，去你的吧，斯文扇明三儿的夫人就叫丁香。

郭从甚说，嘿，还真成雨巷了。

因为昨夜两人几乎一夜未睡，所以中午两个人简单吃了点，就躺下了。一觉醒来，已是傍晚时分，两人又来到房外。下午石在南早早回来

156

了，见他们二人站在门前，就搬出了她家的小桌，并且拿出了两个马扎，说你们坐下来喝水。石在南在清擦桌面的时候说，看你们，大学同学，多好啊！

就在我和郭从甚坐着喝水聊天的空当，英雪放学回来出现在了巷口。项天跟英雪一家相处的时间并不长，还没见英雪哭过，她从来都是浅笑甜甜，宛如一朵山野的鲜花，清新地绽放。郭从甚远远地就一直盯着她看，羞涩的英雪脸上泛起一片绯红。英雪叫了声项叔叔！项天说，这是你郭叔叔。英雪便有些腼腆地冲着郭从甚：郭叔叔好！石在南从屋里出来接着她，娘俩一起进了屋。

石在南再出来给他们续水的时候，脸上已经挂上了抑制不住的喜悦，一边俯身倒水一边压低声音说，英雪得了一等奖学金，她不让说。从石在南的话里，能听出一个母亲的喜悦和自豪。

郭从甚说，看来这小姑娘学习不错啊。

项天说，这孩子刻苦，不像她弟弟太能闹。褚大哥和石嫂指望她出息呢。

第二天的行程项天本来是这么安排的，先去伊甸大卖场，让郭从甚也实地感受一下伊甸的商城气氛，中午由闵繁浩安排午宴，晚上时项天和莫若兰一起陪他品尝伊甸的小吃。但郭从甚突然提出要走，项天说，你不是很想见见莫若兰吗？

郭从甚说，见不见意义也不大，你身居伊甸，无非她就是夏娃呗！

两人出门时，英雪背着书包正好也出门。英雪对着他们一笑，叔叔好。郭从甚望着英雪的背影，突然又把项天拽回房里。项天问，怎么？落下什么了吗？

郭从甚欲言又止，……算了，不说了。

项天抬抬下巴，示意他说。郭从甚说，我有个感觉，将来你跟那个小姑娘一定有故事。

切！项天说，我们巷子里已经有个卜算子了，没想到又来了个周易万！

5

青龙庄园闵繁浩别墅，三楼小放映厅，功夫片。项天陪着闵繁浩观看，这类片子项天其实也挺喜欢。正看着，闵繁浩突然关了，一边关一边说，全是套路。

项天点支烟。闵繁浩突然说，你那个同学我不太喜欢。

我也不太喜欢，项天说。

哎，不对吧，他可是你要好的同学。

我觉得他花气太重。

他什么情况？闵繁浩问。

他，家是方州，项天说，读本科时我们是一个班，到了研究生，因为研究方向不同，跟着的导师不同，就分开了。别看他脸形像鞋拔子，一双小眼睛眨巴来眨巴去，却很能招惹女人。读本科时，出了点故事，一个女孩要到系里甚至学校去告他，他有点急，让我出面斡旋。好歹安抚下来。不过，坏事变好事，他本来想本科毕业就打道回府的，没想到因为这，从此收了心，夹住了尾巴，不再四处招摇，天天循规蹈矩，不是蹲在课堂，就是泡在图书馆，倒把研究生给考上了。待到读研时又跟师姐搞上了，他本来是可以留校的，是为了摆脱师姐去了旅游学院，没想到越是想摆却越是脱不开。当初看着师姐天天像蝴蝶一样，飞来飞去的，美得动心。这会儿又觉得飞来飞去的，飞得头晕。

闵繁浩听完，没表态，过了一会儿，说，你能不能让他也到伊甸来？

项天说，你不是不喜欢他吗？

闵繁浩说，这是两码事。

6

项天与莫若兰的婚礼很简朴，一共没有几桌人。按说，闵繁浩是最应该参加项天婚礼的，可他却并没有露面，而是给项天扔下一沓子钱后，一个人外出旅游去了。此前，他一直反对项天这么快结婚。项天明白，他不是反对自己这么快，似乎自己就不该结才对。

郭从甚说好要参加的，也没来，电话催问，说，好了好了，你自个儿乐和吧，我这边正水深火热呢。石痴子费伯长年一顶鸭舌帽戴着，整日里像个孩子似的吸一吸鼻涕，疏于人情世故，所以他不大可能来，来了甚至也无法让他上桌。大胡子谭春秋说是带团下乡演出去了。卜算子周易万的周易馆刚开起来，正一头子热。冷火手褚库利基本上没有周六周日，他的工作性质是连轴转。石在南一般是借助上午的时间，在菜市场上为各菜摊肉摊发售方便袋，换点小利。斯文扇明三儿也只随了份子，这会儿不知到哪儿斯文去了。项天的师妹采菱儿倒是早早地就到了场，两道菜之后，她老公武强才匆匆赶过来。大概是直接从工作岗位上往这赶，一身警服还没来得及换，与婚礼的整个格调显得不是很协调。剩下的就是文化宫的几个人，主任伊班、摄影部的郝岩、办公室的眯眯。对于迟德开，项天压根儿就没通知他。

人虽然不多，但喜宴的气氛还算浓厚。有人拿两位新人说笑，两个研究生，下一步就看怎么研究着生了。

晚上的时候，石在南带着英雪过来了。石在南看看盛装的莫若兰，说真好啊！看看红光一片齐齐整整的被褥，说真好啊！又看看喜气盈门的新房，说真好啊！石嫂善于说"真好"，她看到项天与郭从甚的时候，也是说"你看你们大学同学，真好啊"！

英雪是第一次见莫若兰，脸红红的，不说话，怯怯地坐在床边，像个小新娘子一样。

结婚前，项天通知明公时，明公不在家，他夫人丁香说，你总算搬出了这巷子，石嫂也有盼头了。

项天不解，不明白他搬出巷子与石嫂有盼头之间是个什么联系。丁香说，你来之前，你那间小房已经空了一段时间，石嫂一直想找主事的人要过来，反复磨蹭了一段时间，正差不多的时候，结果你来了。

石在南没工作，除每天从早市或下午的菜场上，连拣带买地收回一些黄叶菜之外，就是借机向各个小摊点推销方便袋。有一次项天买水果，远远地看见石在南站在水果摊前，满脸流着汗，口干舌燥地在跟摊主对话，双方似乎还在讨价还价。如此廉价的东西⋯⋯唉，那场景曾让项天一阵心酸。

褚库利一家四口，只占着一间平房小屋，好在他住在巷子的最东头，东头是堵死的，褚库利就借着堵死的东墙搭了个厨房棚。石在南是巷子里起得最早的，她一大早就爬起来为英雪和英雨两个孩子做饭。冬天天还黑咕隆咚的，厨房棚里的灯就亮了。后来，褚库利挨着灶棚又撑起了一块塑料纸，下面安了一张小床，只要不是大风大雨，他就在那里睡下。巷子里的男人们有过几次聚会，待大家酒足饭饱，一阵天南地北地海侃神吹之后，各自散去，关上门，自行一片天地。像斯文扇明三儿，甚至可以搂着老婆丁香，悄然销魂，香沉睡去，只管等待着新一天的日出。而褚库利就难了，他只能看着一扇扇门窗关掉，独个把自己留在一片天地之中，默然摊开被卷，躺身塑料棚下。

瞒天过虫二，也就是迟德开，搬走后房门紧锁，被斯文扇明三儿一锤子砸开，大模大样地改造成了私人画室。褚库利不可能有这种气魄和底气，他在搭建塑料棚前，几次去明公的画室，对着明三儿的一阵猛夸，其实是希望明公能让他在里面安上一张小床。可是明公不开口，他也就把话憋在嘴头，始终没说出来。

项天这一间，严格说他只有使用权，而没有所属权，但看看又长高一头的英雪，想想在塑料棚下"东床袒腹"的褚库利，项天突然决定，不管单位有没有意见，先把自己小房子的钥匙交给她们再说。石在南走的时候，项天把她们送到楼下。石在南一直张着口，却说不出话。项天心里明白，便掏出房子的钥匙，说，石嫂，这个你带回去吧。

石在南手哆嗦了一下，这能行吗？

行，我的东西都还在里面，仍然算我住着。

他叔，你这可是……石在南擦了把泪，剩下的话就没有再说出来。

英雪声音不大地说，我喜欢那间小屋。

项天跟她们道别。英雪走出去几步之后，又折了回来。项天以为有什么事，英雪低声说，新娘子不是照片上那个！

项天说，不是吗？然后又说，这个你不懂！

7

项天留在伊甸后，几乎天天与闵繁浩黏在一起，项天把这看成是闵繁浩的经营实践和他经济理论的契合，又或者是他们对文学有共同追求和爱好的结果。不过慢慢地，项天对此产生了怀疑。这是因为项天发现闵繁浩对于女人似乎有着天生的厌恶和排斥。他们在一起时间那么多，却从未认真谈起过女人，这对两个年轻力壮的男人来说很不正常。这世界上有不谈女人的男人吗？应该没有！

项天曾一度跟眯眯有些暧昧。有两次闵繁浩到小房子里来找项天，恰巧都碰到了眯眯。事后，闵繁浩很严肃地问过项天，你是不是在跟她谈恋爱？项天故意说，嗯。

干吗要谈恋爱？

你这话问的，干吗？结婚呗。

为什么要结婚？

这还用解释吗？

不。这说明你喜欢女人。

笑话！我当然喜欢女人。难道你不喜欢吗？

我不喜欢。

闵繁浩跟项天说起了他的一段经历。我有个婶子，曾经怀了十六次孕，却没留下一个孩子。后来她得了病，我不知道那是一种什么病，人昏迷着，整个下身裸露在外面，我和我叔倒着班护理。唉，女人！我始终无法把女人和美好联想到一起。

闵繁浩难道就因为这事先入少林寺习武，又去了终南山修炼？项天觉得，在这方面自己的确没他那么淡定，因为从自己内心来说，对爱情还是始终怀揣一丝温热的。项天还记得自己结婚的当晚，故意外出旅行的闵繁浩曾给他发过来一条长长的短信。短信有个恶心的题目：女人的内裤到底有多脏。这条短信，长达一千二百多字，内容……唉，项天觉得实在难以复述。闵繁浩应该知道，此时他正是洞房花烛。

那晚熄灯之后，黑暗中的莫若兰问，你洗手了没有？

忘记洗没洗。

162

快洗洗去。

洗完手，莫若兰又凑过来闻了一下，你刷牙了没有？

今天高兴，没刷。

晚上哪能不刷牙！以后你可记着，早晚都要刷。

项天赶紧去刷了牙。回来，莫若兰说，你是不是连澡也没洗？

昨天洗的，今天没洗。

赶紧洗澡去！

等一切妥当，闵繁浩的短信恰好在这时候挤进来。

闵繁浩旅行回来，见项天的第一句话就是问，怎么样？

为了打消闵繁浩对女人的成见，项天只能极尽香艳和诱惑地编造了美妙的洞房之夜。并煞有介事地给他说，女人其实是很美好的。你想，世界上多少美好的事物都要以女性来比拟。说这些话的同时，项天的心里一阵阵泛起悲哀，因为跟莫若兰阴差阳错地走到一起，只有他自己知道鞋子合不合脚。

洞房之夜，卸过浓妆换上薄衫的莫若兰，应该是美的，满屋的红光也平添柔媚，这本该预示着一个圆满的和全新的开始，甚至在不明真相的伊甸人眼里，项天跟莫若兰的婚姻应当是一桩绝配。可事实并非如此。

8

走进婚姻中的项天，日子在清汤寡水中悄然滑行。很多次，项天都想起了自己在那条偏僻雨巷、那间透风漏雨的小房子里度过的独身时光。当时感觉那段日子是那样沉闷，现在回想起来却是鲜有的安静与从容。

他想再回趟雨巷去看看。

走进巷口，项天一直往东走，有一扇门仿佛自动开了，英雪提着一条滴水的拖把正从里面出来，原来项天已经走到了曾经属于自己的那间小屋。英雪显然没想到项天会突然来，一阵惊喜。我刚放学，正准备写作业。

项天看到，小房子不仅粉刷了外墙，还新换过一副结实的门窗。走进去，发现地面也换了，已经铺上了枣红色瓷砖。变化最大的当然还是英雪。英雪脸蛋鲜嫩，脂肤润滑，就像秋天即将成熟的苹果。高挑的身材，配上蓄起的长发，飘飘逸逸，就像一株春天的垂柳。英雪明显朝着一个清纯美女的方向，不可抑止地迅速成长。

说来英雪的模样秉随她的父亲褚库利。褚库利个头很高，长着一张棱角分明的明星脸。如果不是这些年拘谨的生活、沉重的负担、脏累的工种将他的光泽消磨殆尽，项天想他应该英气十足，透出富有魅力的男子汉气概。

好在这间小房子是安静的，繁华的伊甸似乎早已忘记了这条雨巷的存在，英雪正好可以在这样一个相对安定的环境和平和的心情中，修出优秀的学业。

项天打量着屋子，指着顶棚说，这个你也应该换换。我在这儿时就已经不能用了。

我爸本来要换的，我没让他换。我原想什么也不动，保持你原来的样子就好。倒是我爸要修房顶，我没反对，因为一下雨就漏。

项天这才发现，不仅书桌没变，连书桌上的玻璃板以及玻璃板下面压着的照片也都没有变。英雪把长发拢到后面，扎起来，在书桌前坐下。项天坐到了床沿上。这情景和当年极为相似，只是所坐的位置有了调换。英雪摊开课本、笔记，准备写作业。项天说，你写就是，不耽误你，我只是顺便过来看看。

英雪现在没有原来那么多话语了，可能任何人随着年龄的增长都会变得沉稳，女孩在成长过程中尤其如此。项天仔细地打量着英雪，心想，英雪尽管出身低微，童年的天空可能没有多少阳光雨露，但或许她将来能成长为一个阳光灿烂的女孩。

英雪的脸有些红，有些羞涩又有些调皮地说，叔叔，你别老盯着我好不？挺不好意思的。显然，英雪已经知道了脸红一些与青春有关的故事，从英雪身上，项天真切看到了一个女孩美妙的成长。接着英雪的话，项天说，没盯你，我是在回想，总感觉好像比原来少了点什么似的。

听项天这么说，英雪放下笔，一双水灵灵的眼睛盯着他，有点憋不住要笑的意味。那你好好想想，少了什么？

想不起了。项天摇头。真想不起了。

那我告诉你，少了一只猫。

对，是少了一只猫。那只可爱的猫呢？

它与一只病老鼠同归于尽了。痛心不？

看来，现在猫的食品也不安全。

项天于是和英雪共同回忆起那只猫。项天说，你还记得不，过去那只猫蹲在桌子上，认真听我们说话，你说话的时候它看你，我说话的时候它看我，两只圆圆的猫眼转来转去，看上去要比你聪明多了，表现得也比你还乖。你还想着不，你写作业的时候，顾不上理它，它就伸出猫爪，有时挠挠你的手，有时翻翻你的书。我记得这种时候，你都是把笔杆竖起来，往它小脑袋上敲一下。

是吗？我怎么都忘了，你还记得这么清啊！

不一会儿，石在南回来了。看见项天在英雪的房间，赶紧过去拉着项天的手，她叔，你怎么来了？

项天跟在石在南后面走出小房，给英雪闭上房门，好让她写作业。两人站在巷子里，简单地闲聊。项天问，褚大哥在那边怎么样？

伊甸已开始实行集中供暖，褚库利眼看无事可做。有一次，项天在一个酒场上见到了采菱儿，知道采菱儿场合多，接触的人也多，随便问起有哪里还需要锅炉工，采菱儿说，地方倒有一个，只是不知道他愿意不愿意去？

啥地方？

烧人的地方。

殡仪馆啊！

采菱儿说，是的。

后来项天把这事跟石在南说了。石在南说，那怕什么，在哪里烧还不是烧，只要有钱拿就行。

项天说，工种特殊，工资肯定多不少。

其后不久，褚库利就去那边上岗了。石在南说，那边工资跟原来比确实高出一大块，多拿一点就感觉出来了，日子宽松不少。所以她爸就想继续在那儿好好干，攒下点钱，等着给英雪考大学用。可是，这事儿后来让英雪知道了，她不想让她爸在那种地方干，说不吉利。最近她爸倒联系上了城郊的板材厂，人家说随时可以过去。他想再干一段，不行就到板材厂去。

项天问，你呢？

石在南说，我办洗车点还真办着了，生意很好，还雇了两个人呢！她叔你说怎么突然就这么多车了呢！就跟不烧油似的。

项天又打量房子，你们这间也该修修了，你看都破旧成了什么样！

她爸说了，不修了，修又得花一份子钱。听说迟总正开发房子，图纸我们也见了，要的人很多，我跟他爸咬咬牙，把定金交了。

项天说，迟总？你是说迟德开？他有资质吗，什么时候他又搞房地产开发了？

9

虽然，项天莫若兰的婚姻清汤寡水，但项天已经决计就这么无风无雨波澜不惊地一路走下去。生活要那么多浪花干什么！即使没有成网的鱼，能打捞上一把水草也就够了。但因为意外遇上纳小米，更因为纳小米的意外被绑架，原本枯燥却也平静的生活瞬间便被打破了。

一则桃色新闻在伊甸传得沸沸扬扬，文化宫主任伊班仅听传闻，就决定撤销项天的入党积极分子资格。由不得项天跟他当面大闹。

摄影部主任郝岩到单位取信件，恰巧碰上这一出，赶紧跑过去强拉硬拖把项天拽出来。项天一边被拖着，一边嚷嚷，什么领导，什么水平！

伊班跟出来，跟项天一样气鼓鼓地，手叉着腰，对着项天和郝岩的背影，我什么领导！我水平又怎么了，你有本事你领导我啊！在外面养女人，还跟我牛，牛什么？别说你还不是党员，你就是党员我也把你开除出去。

郝岩知道项天正在气头上，没让他开车。来，上我的车。

郝岩找了一家小店，点了几个小菜。郝岩说，来来来，喝酒。别生那些无用气了。

喝了一阵子闷酒，项天说，看来人在愤怒的时候，智商是会降低的。

郝岩问，怎么了？

刚才伊班要我做检查，我说没的检查，因为歹徒误会了。真操蛋，别说伊班笑，说完后我自己都想笑。可你说这几个歹徒也是，情况不搞

167

准，就盲目下手，连绑个架都绑错了，他们还能干什么！

这事我也是听外面的人瞎传，主任说的和我听到的确实也差不多。

项天说，这么说就是你也相信了？

到底怎么回事，我也搞不清。不过，这些事无所谓。

项天说，看来，大家没一个人肯相信我。反正我也说不清。

郝岩说，既然说不清，就别说了。来，喝酒。你说你生的什么气？

项天说，我是生气取消我的入党积极分子资格。

嘿！就这点事啊。你也太计较了，取消个入党积极分子资格还有什么！等什么时候他认可咱们积极了再入也不迟。他就是借此不让咱入党了，那也不影响咱们爱党啊。我当年就因为这个观点，入了民主党派，不是一样吗，都是在共产党领导下，荣辱与共，肝胆相照，风雨同舟，一同图大业。我觉得挺好，我现在都做到副主委了。哎，这么着，我看你不如加入我们党派吧。我们党派正需要你这样的优秀分子。

项天说，优秀？扯什么淡啊。我现在主任的眼里已经跟腐化堕落分子没什么区别。

喝完酒，郝岩说，你看你现在这形象，头发刺刺着，衣冠也不整，先跟我去洗个浴去。

郝岩熟门熟路地去了一青洗浴城。项天知道，这个地方几乎是郝岩的定点。第一次项天请郝岩吃饭的时候，郝岩就提出来洗浴，而且就去了这家洗浴中心。

项天刚进文化宫就请了郝岩，原因是项天的房子是郝岩让出来的。那次，项天点了不少菜。郝岩说，你不用这么客气，咱们现在是同事了。

项天说，我得感谢你把房子让出来。

郝岩说，说让出来那不过是说着好听，真实情况差不多是硬逼我交出来的。一开始，我以为这个伊班又要搞什么名堂，我坚持不让。后来听说是局长安排的，而且是为了一个人才。没想到这人才就是你呀。你跟局长是不是有什么关系？

我跟局长半点关系也没有，跟主任更是不熟。

郝岩说，你用不着一口一个主任的，搞得那么严肃。

项天问，怎么了？

郝岩说，咱们主任也就那么回事，他有多大水平和能力以后你就领教了。

接下来，听郝岩说，最早伊班是在一所乡镇中学教书，因为文化科教得一塌糊涂，所以把他调到了音体美教研室，让他教体育。同一教研室有个音乐老师，长得很漂亮，他为了套近乎，硬说自己喜欢钢琴，死缠硬磨要人家教他钢琴。女老师勉强教了一阵，看不对劲，就疏远他。但他仍然死缠烂打，搞得学校人尽皆知。后来镇上需要公务员，到学校里物色人选。学校正找不着机会把他扔出去，便极力向镇上推荐。镇上也信以为真。到了镇上后，镇上公务员身份的人少，三提两提就挨着他了。没几年工夫，好家伙，摇身一变，成了副镇长。分工的时候，一看档案是从学校出来的，那就分管文教吧。这回，他牛了，经常倒背着手前簇后拥地到学校检查指导工作。看他那牛逼晃腚的劲头，差点没把全学校的老师都憋死！这时学校的人又不说他好了，开始告他，他的工作也便很难开展。后来，他听说市文化宫主任的位子空出来了，便上下活动着往市里调。有人提出过文化宫是业务单位，他没什么专长，似不宜调进来。这时，他跟着那位女教师学的半拉子钢琴派上了用场，说自己是弹钢琴出身。就这么着，进来了。不过，白打他来后，这文化宫里就没一个人见他弹过钢琴。

那次吃完饭后，郝岩说，不能光让你破费。你请我吃饭，我请你洗澡。然后他们就去了一青洗浴城。

项天一看就知道郝岩对这儿很熟。一进门，女老板苗一青正在大厅，不等迎宾小姐说完欢迎您，苗一青就迎上来，摄影大师来了。

郝岩把项天介绍给苗一青。苗一青客气了一下后，跟郝岩说，什么时候给姐也拍组照片？

什么时候都行，只要你肯把衣服脱光。郝岩跟她打着趣。

苗一青"咯咯"笑着，我脱光没问题，只是恐怕连镜头也嫌我老了。

郝岩也是个满嘴跑黄油的人，你说的是哪个"颈头"啊？

苗一青故作扭捏地推搡了一下郝岩。

这时，有一个女孩从他们不远处走过，郝岩已经养成的职业控，让他见不得半点美。

苗一青说，刚来不久的笑笑，怎么样，漂亮吧！

那今天我就点她了。

听郝岩这么说，苗一青却面露难色。哎哟她刚给我说，最近她不想上岗。理解吧，漂亮的女人都高傲。你看她叫笑笑，我还没见到她笑呢。

郝岩说，什么笑笑不笑笑，反正都是假名，跑跑江湖而已。都做小姐了，还有什么好傲的！

苗一青说，可不能说小姐，现在都改叫公主了。

可不叫公主怎的？不叫公主怎么会是"公共的主儿"呢。郝岩说完，又说，几年下来，看来"小姐"这个词又不时兴了，现在又开始毁"公主"了。把公主毁完后怎么办，叫"仙女"？

苗一青笑着说，你说的仙女已经有了，不是天上人间吗？天上人间，不是仙女还能是什么！

这次项天和郝岩来，没遇见苗一青。洗了不长时间，两人就出来了。在大厅里，项天远远地看见了笑笑。笑笑冷着脸，眼神漫拟无意，却又好像十分警觉。

170

两人换好鞋袜，正要准备出门，却见武强一身便服从外面进来。项天刚要给他打招呼，武强轻轻摆了摆手。

　　郝岩要把项天直接送回家。一路上郝岩的眼睛始终停不住，他已经习惯了发现美，欣赏美，表现美。哎，一个小美女！

　　项天在后座上，闭着眼，看也没看，就说开好你的车吧。

　　我没给你说假话。我在伊甸这么多年，还从没见过这么漂亮的小女生。

　　项天懒懒地拿眼一撩，只看到了一个背影。郝岩说，可惜你已经看晚了。郝岩哪里明白，单看背影，项天就已经知道她是谁了。那是英雪。

　　到项天楼下后，项天刚下车，郝岩又把他叫住了。郝岩说，车里正好有申请表，干脆到家里填填吧。

　　项天想，入个民主党派可能也不错。填填就填填吧。

　　项天填表的时候，郝岩一个人在那里翻腾项天的相册，突然说，哎，不对啊？

　　项天一看，原来是郝岩从相册里翻出了英雪的照片。

　　郝岩说，这不刚才街上那个小美女吗，她的照片怎么会在你这儿？"

　　这是一张英雪和猫的照片。清纯的英雪和那只可爱的小猫都萌萌哒。郝岩说，我跟她见一面如何？

　　你见她干什么，她正学习紧张，天天光功课都做不完。项天嘴上这么说，心里明白郝岩的心思，因为郝岩擅长的就是女体摄影。他曾拿过《视点》杂志女体摄影大赛的金奖。

　　看来你跟她不是一般的熟。

　　项天说，一说你就知道了，褚库利的女儿，褚英雪。 个本分人家，生活很困难。

　　郝岩说，往往就是这样的人家容易出美女。

171

10

郝岩自从见过英雪，拍片子的心思就始终没放下。先是找石在南谈，石在南不明白怎么回事。这又折回头来找项天。项天说，英雪还是个小姑娘，正忙着功课，她那家庭你也知道，父母一心指望着她考个学，将来出息呢。这样搪塞了几次后，郝岩依然不依不饶。郝岩埋怨项天小题大做，说现在的女孩可不是你想象中过去的女孩了，现在的她们都看得开，你不给她拍她自己还拍呢。

人家自拍那是一回事，你拍又是另一回事。我知道你们这些所谓的人体摄影艺术家，只要是漂亮女人，你们就得想方设法把她们的衣服给扒掉。

郝岩说，要我说，凡是美的东西都应该拿出来分享。你不把她看作人体，看作是艺术不就行了吗？

项天说，是艺术，如果一大街女人都不穿衣服那还叫行为艺术呢。反正总能与艺术挂上钩。

尽管这么说，项天还是把意思和想法给英雪说了。英雪听说能给一笔钱，就给项天说，我可以拍。

不过项天提醒英雪，也别只看钱。

英雪说，我明白。

郝岩利用英雪两个周末的时间把片子拍了。拍摄时，郝岩拍了英雪的正装、休闲装、时装、泳装，而且也很认真地与英雪商量，能不能拍摄她的裸体。尽管郝岩开出的两万元酬劳很具诱惑，但英雪还是拒绝了。两万元酬劳这个数，是在英雪的一再拒绝下一次次涨上去的。如果继续往上涨，英雪都不知道该怎么应对了。但郝岩没再往上涨，说再往上涨，我还不如直接包个女人了。现在即使单拍也还没达到这个价位。

照片出来后，项天先看了一遍，总体算清纯风格，但也有一些被郝岩导拍出眼神风情、姿势暧昧的片子。项天专门交代英雪，选几张你个人喜欢的，看上去平平常常的给你妈看看，让她知道有这么回事就行了。

郝岩跟项天商量给多少钱合适，郝岩提出给五千元。郝岩说，这已经够多了，这种事行内都是有价的，再说她也不是职业模特。

项天说，你看，你也知道她不是职业，可不是你非要拍不可吗。说着，硬从郝岩钱夹里又掏出了两千元。别那么抠，权当作点好事好不好。

我干吗这么袒护她呀，呃，你们啥关系啊，说到底她就是你一邻居，其他什么也不是。

项天说，唉，眼下社会乱，女人已经成了泥巴，被捏得不成样子了。能保住一个原生态是一个。像一青洗浴城的苗一青，或者说笑笑，你可以多在她们身上下下功夫。

郝岩说，嘿，她们！

后来伊甸西北的谷子山做宣传时，使用了英雪的照片，一幅大型喷绘广告，图版上的英雪，靓丽清纯，如一束春日阳光，映照绿水青山。谷子山海拔不过千米，外观浑厚大气，雄风长存。但走进去，却也风姿绰约，委婉袅娜。选择英雪代言，倒也十分匹配。为这，项天帮英雪又要了一万块钱。当然这是后话。

英雪拍照片不久，石在南提着一兜苹果过来感谢项天，她不知道拍照片还可以给这么多钱。

项天说，英雪长得很漂亮。

项天夸英雪，石在南自然很高兴。我们不指望她漂亮，只指望她考大学呢。石在南今天很开心，笑容也很灿烂。

173

石在南走后，项天看了看她提来的苹果，底下竟有一些是烂的。剔除一番后，洗了一个，一口咬下去，感觉很甜。

11

项天、闵繁浩和文晴晴去谷子山的那天，是周末，眯眯没参加。很少在周末去办公室的眯眯，那天下午去了。刚在办公室里坐下一会儿，就听有人撞门，接着跌跌撞撞地进来了一个人。来人是石在南，喊着要找项天。眯眯告诉她今天是周末，有事打他电话。石在南说，打了，不在服务区。没等说完就直接坐在地上哭起来了。

眯眯吓了一跳，以为项天又犯了什么事，听着石在南哽哽咽咽地叙述，才明白是石在南家出了大事。褚库利所在的板材厂发生了锅炉爆炸，褚库利在事故中遇难了。

褚库利和石在南是进城的农民工，他们在伊甸几乎没有任何社会关系，所能结识的不过是雨巷中的这些人。但雨巷中的这些人故去的故去，结婚的结婚，被转化的被转化，出去闯荡的出去闯荡，过去雨巷里的热闹景象早已经不再，只剩下他一家人还一直在那儿坚守。他们也只能坚守。出了这样的大事，石嫂能联系的似乎也只有项天。

项天下山后，第一时间拨通石嫂的电话，石在南一句话没说，就在电话里哭了！

在伊甸大卖场中，木材和胶合板市场的体量非常大，在全国同类市场中所占的份额也相当大。市场的兴隆，直接带动了周边乡镇的木材加工生产，几乎一夜之间就冒出了数千个小加工厂。由此也成就了一批小土豪。这些小老板的第一代用车全是一色的面包，既然生活已经得到改善，那么面包会有的。更新后，第二代大多用的是"帕萨特"，这车的性能本不差，但已经积累下大把钱的小土豪们，已经开始相信了风水，帕萨特——赔死他，这说法一起，立马一个跟一个地换成了亿利。这些小厂的锅炉，长时间存在着一不安全二严重超标准排放的问题，已经严重影响了伊甸市的碧水蓝天工程。早前市里就已责成有关部门进行专项整治，下决心取缔这些小锅炉，引导专业户使用环保科学的供热方式，保持良好的空气质量。但因为面广量大，这些专业户宁愿交罚金也不愿迅速更换，清理整顿的阻力很大，一直没有清理干净。这下到底还是出事了。

石在南跟项天哭诉，这两年，日子刚有些好转，新房也快有了，你说你大哥他……

一声爆炸，夺去了褚库利的生命。没有了褚库利的家，一下变得暗淡无光。整条巷子也变得空旷和萧条。只要褚库利在，英雪一家窘困归窘困，但至少温馨在，雨巷的热度也在。那时的褚库利虽然工作劳累辛苦，但待遇和报酬高，一休班，就跑回家，学着当年明公的样子，把小桌安在巷子里，一碟花生米，一碟老咸菜，再加半瓶劣质酒，然后自斟自酌。临时借住雨巷的人，前前后后都搬走了，他仿佛一下拥有了整条巷子。整条巷子都是他的。看着整条巷子，他的心里就想发笑。石在南有时会坐在一边，夫妻两个说着一些细碎的生活细节，说到开心处，褚库利常常不由自主地就学着明公"噷痕哏狠很"地笑起来。他觉得只有明公那别有意味的"噷痕哏狠很"的笑，才能准确表达他此时的心情。石在南说，看把你美的。话是这么说，心里却也是抹着一丝甜蜜。有时褚库利也会举起酒杯，让让她，你不来点？石在南端过酒杯，不等放到嘴边，就皱了眉，舌尖象征性地点一点后，说真辣啊。过去老听人说有钱人吃香的喝辣的，我还一直不明白，为什么不吃香的喝甜的呢，后来才知道这辣的原来是酒啊。听老婆这么说，褚库利"嗷痕哏狠狠"地笑起来。他挥舞的手甚至想抓住一把明公的斯文扇，一如明公那样轻轻地摇。石在南揶揄他，你就别装相了。偶尔，石在南也会从街上买回从伊豆河里捞上来的小鱼小虾，过油后，一股新鲜味能把整条巷子塞得满满。

　　然而，这一切都过去了。石在南感觉这巷子一下空旷了不少。英雪的笑容也明显少了。曾经清水一潭的眸子，仿佛渗进了异物，目光不再像以前那般柔媚。她无法再像过去那样，放了学，校服一换，课本一摆，开始专注于作业。石在南经营的洗车点，为了多洗几辆车，打烊的时间越来越晚。放学归来的英雪从进巷子的那一刻起，心里已经充满了悲伤。走进巷子，她见不到一个人，更没有人在巷子的尽头迎候她。她在用钥匙开门的一刹那，眼泪常常就流下来了。她站在巷子的东端，望向西面的尽头，好几次看到穿着工装的父亲，拐进巷口，满脸高兴地向着她这边走来。一次一次的幻觉，徒增她一次又一次的忧伤。好几次正落着雨，她也不愿打伞，一个人静静地站立在巷子中，任凭雨水把全身打湿，让泪水和雨水一起往下流。过去在雨天的巷子里，英雪会撑着一把漂亮的花伞，一一走过每一家的门前，像一株鲜艳的花朵，一路馨香着移向春天的深处。而现在，即使撑开伞，那也是她专门换成的一把黑色的大伞，整个的人遮在伞面下，像一团黑菇云，轰隆隆的雷声隐在她的心中。即使一片晴空，她的内心也已经让小巷变得遍地泥泞。她不明白，伊甸怎么会有那么多的雨，一次又一次地落下来。有一次，在大雨中，英雪也是擎一把黑菇云，站在巷子里，她看到了拐进巷口的石在南。刚进巷口的石在南，脚下一滑，跌倒了。英雪跑过去，搀她，一下没能搀起，也被拽倒在了雨水中。娘俩没有再起，而是抱在一起，在雨水中哭作一团。

12

锅炉爆炸事件过去了一段时间之后，褚库利的工伤亡赔却一直落实不下来。市里紧急事件处理小组的意见，是由木材厂按规定尽快赔付，以给予家人精神慰藉。但厂里却说，锅炉不达标是一个问题，但褚库利也存在违规操作的问题，这样在亡赔的具体数额上，就出现了很大的分歧，如何处理陷入僵持。

期间，项天过去看望过石在南，顺便也想给她通报褚库利亡赔的进展情况。英雪细微的一声"叔叔"，绵软而又哀怨，眼里明显含满了忧伤。尤其在她默默撑开一把黑伞，独自走进雨巷的时候，该死的郭从甚所说的"雨巷"一词，突兀地涌上了项天的心头。哀怨，彷徨，太息一般的目光，颓圮的篱墙。项天感觉自己完全被裹在了一场雨的哀曲中，目送着她的愁怨和忧伤。

伊甸的街植，是一棵棵上等的女贞树，如果不是迟德开的色情画把女贞这一树种的声誉彻底给毁了的话，英雪可以算得上是最标准的一棵，她袅袅婷婷，摇曳生姿。纳小米、文晴晴，还有眯眯，她们只能各自拥有着各自的美，而在英雪这儿，却是将纳小米的清纯、文晴晴的靓丽、眯眯的猫眼集于一身了。

伊甸多雨。伊甸又开始下雨。依如几年前的那场大雨一样，雷鸣电闪中，伊甸被一次次照得雪亮，倾盆大雨下得让人惊心。唯一让项天感到明媚的，是褚库利的亡赔有了眉目。这笔亲人用生命换来的赔款，足以改善石在南一家多年以来窘迫的生活。

项天一大早冒雨赶往小巷。远远地，就听到小巷里人声鼎沸，好像

177

比先前还热闹了许多。这很不正常。项天急步拐进巷口，一眼就看到巷子东头石在南的家门前围满了人。最东头的一间已经完全垮坍。项天在人群中看到了英雪。英雪因为住在项天那一间，躲过了此劫。这个雨天的早上，成了英雪最黑暗的黎明。英雪跟傻了一般，愣愣地站着，脸上流着冰凉的泪水，面无表情。项天拨开人群，喊了声，英雪！项天的一声"英雪"似乎把她唤醒了，她像一座细细的建筑物一样倒塌下来，倒在了项天的怀里。其实，事情并没她想象得那么糟，如果她能够再坚持一会儿，就会看到弟弟英雨灰头土脑地从一堆瓦砾中自个儿爬出来。后来被扒出来的石在南，也只是被压断了一条腿，并无生命之忧。草棚房关键时候也有它的优势和好处。

明公正巧前两天刚从北京回来，听说这事后，大胡子谭春秋、卜算子周易万也都过来了。项天把闵繁浩叫上，大家聚在一起，共同商量石在南一家的安置问题。

关于住的问题，在石在南被送去医院后，项天当天就把英雪和英雨姐弟两个暂时领回了家。项天的家，叫家，说起来也不过是个空壳。闵繁浩先表了态，石在南出院后，也暂时住到项天那里去。项天临时去住他的青龙庄园别墅。因为石在南的腿伤即使出院，也会留下重度残疾，石在南的洗车点只能关门，她不可能再有经济能力了。那么两个孩子的安置是一个大问题。英雪今年高二，暑假后就高三了。无论如何应该让她坚持下去，先供她考上学再说，这也一直是褚库利和石在南夫妻两人最大的心愿。英雨现在读初二。项天提议，两个办法，一是大家共同出钱，让他继续读书。另一个，是希望明公把他带到北京去，权当收个小徒弟，因为英雨有一些美术方面的天分。当初，青脸鬼英择端的名号，也是明公给他起的，事情冥冥中似乎就有这一折。明公倒爽快，说只要英雨本人同意，我没问题。

13

英雪的高考成绩一出来，大出项天的意外，勉强够得上本科线。按正常，英雪是完全可以考出一个好成绩，考上一所好学校的。但是以英雪现在的分数，不过是按录取比例进线，实际录取上的可能性很小。

项天给郭从甚打电话，说了英雪的考试情况。说了半天，没想到郭从甚问，英雪是谁？

就是你在雨巷里见过的那个女孩。

这么快就高考了？她这个分数，很麻烦。

不麻烦就用不着找你了。

经过郭从甚的通融和努力，英雪考入了省旅游学院，收录在空乘专业。

闵繁浩要去省里找郭从甚，请他帮忙设计谷子山溶洞开发项目，并推荐旅游专业人才。项天问他什么时候去，闵繁浩说最近。项天说，你去时，一块把英雪带上。

闵繁浩从省城回来后，给项天说了送英雪的情况。项天问，怎么样？闵繁浩说，小姑娘看上去长得挺漂亮，就是木木讷讷的一句话也不说。

走前，项天曾跟英雪见过一面。英雪没有像原来一样表现出对他应有的热情。在项天盯着她的时候，她轻轻地低下了头。项天说，让过去的一切都过去吧。你马上就是一名大学生了，你应当有你自己的生活。这一点，要跟我学，就是无论遇到什么挫折，也要永远坚信生活是美好的。

英雪不说话，只认真地点了点头。

闵繁浩说，不过曾经的邻居，你做得已经够可以的了。

项天沉吟了一下，说，事情仍然挺麻烦。

还有什么问题？

英雪的母亲，石在南。

她怎么了？女儿考上了学，已经实现了她的心愿，儿子也去了北京，将来说不定也会很有出息，她虽然留下了残疾，但也不过是腿伤，能干点什么干点什么就是。

项天说，其实石在南已经垮了，是精神垮了。自打她出院后，不是她照顾英雪，而是英雪一边上学一边照顾她。要不英雪的成绩也不会那么差。石在南现在是你不管跟她说什么，她就一个表情，笑。能说的一句话就是，真好啊。

闵繁浩摇摇头，你是说她精神上出了问题。那咱也没好法，唯一的办法就是把她送到精神疗养院。

项天断然否决，说这个办法不行。英雪走前，我曾跟英雪商量，是否可以这样去安置。但英雪说，如果那样，她就不去上这个学了，这学上得还有什么意义！我想了想，觉得英雪说得也对。还有一个办法，就是让英雨从北京回来。

闵繁浩沉吟了半天，最后说，把她送桃花山吧。

项天明白，这个方案最佳。桃花山环境好，清静，外界少有打扰，而且有静宁师父在那儿，她日日焚香诵经，或许能帮她把心安顿下来。只要把心安顿下来了，相信精神也会慢慢好起来。

去桃花山送石在南的时候，正赶上满山桃树挂满果实的季节。商务车里坐着闵繁浩、项天、文晴晴、纳小米、石在南，另外还有一个女孩。

闵繁浩原先并没打算让文晴晴来，但纳小米很想借此看看桃花山，非要来不可，这样文晴晴就跟着一起来了。在项天原来的房子碰头的时候，项天发现车里还坐着一个女孩。这个女孩他当然认识，你侬我侬咖

180

啡屋的小服务员。闵繁浩和文晴晴下车后，那女孩也跟着下了车，看见项天，就热情地走过来，低声跟项天说，你还不知道我能生双胞胎儿子吧，我跟你说，我能！

文晴晴赶紧把她拉到一边，她还在说，我能生！

闵繁浩跟项天说，她的情况，跟石在南差不多，一块儿把她也送过去吧。

这个女孩已经在风尘中沦落一阵子了。在风尘中，她跟每一个男人不着边际不厌其烦地一遍又一遍表白，她能生，她能生双胞胎。却就是不知道向男人要钱。男人们给钱的时候，她也只是嘿嘿地笑，说，我能生！

距山中小庵还有一段距离，歌声已经从山谷桃林中传出来。

滴不尽相思血泪抛红豆

开不完春柳春花满画楼

睡不稳纱窗风雨黄昏后

忘不了新愁与旧愁

出家前，越剧小百花出身的静宁师父，常常在山中一个人唱《红楼梦》。

一行人进入到庵前那片桃林，下了车，静立在桃林边。

咽不下玉粒金莼噎满喉

照不见菱花镜里形容瘦

展不开的眉头

挨不明的更漏呀

恰便似遮不住的青山隐隐

流不断的绿水悠悠

红楼的唱词千回百转，与来者的心意恰相呼应，此时的演唱者眼里也含着点点泪花。或许是闵繁浩想起了自己的老父亲，或许是文晴晴念起了旧光景，或许是项天忆起了到伊甸来的种种经历，或许是纳小米感悟起与项天的情感交集……总之，听唱的几个人，心中郁结的忧伤也都在升腾。被借腹生子却生出双胞胎的小服务员此时竟鼓了掌，打破了沉静。

闵繁浩上前，对静宁师父说，我给你带过来了两个人。

静宁师父双手合掌：阿弥陀佛。

14

组织部要到文化局考察推荐干部。组织部门按上级文件精神，准备培养储备一批党外后备干部。项天年纪轻，学历高，民主党派，因此进入了视野。项天原以为会议与自己无关，但推选的结果出来后，连他自己都傻了眼。确定项天拟任文化局副局长。

结果一出来，伊班主任对着局长由大用暴跳如雷，直接拍了桌子。你给我说说，这是什么干部政策！我干了大半辈子，还是个正科级。他一个年轻毛孩子，瞒着我的头顶就这么刺啦飞过去了。到底还有没有原则！

由大用说，现在干部工作总体上要求年轻化，总不能谁年龄大就让谁干吧。再说，这次不是还有一个前提嘛，明确选拔的是党外人士，你的条件不合适。

那我就要问了，当初还不是因为咱先进、优秀，组织才把我们吸纳进来，成为党内人士的吗？怎么一转脸，倒不如他们了。项天他连入党都不合格，提拔他怎么说？

他入党是不是合格，你应该比我更清楚。老伊啊，你有时候也太草率用事了，做一把手要想得更全面些。就说上次那事，我让人事科专门做了全面调查，并不像你说得那样不堪。当然，年轻人也有年轻人的缺点，但咱得看大局，看主流，凡事不能带有成见，一棍子打死。你也知道，班子出了不少事，现在正需要补充一些新生力量。

由大用心想，你伊班还能有什么意见，你自己不也是我们干部选拔制度一直没能很好地完善下来的受益者吗？

局办公室主任、局人事科长听说伊班来闹，纷纷过来帮局长说话。但帮着说的话里，也都话里有话。不用多么会听就能听明白，合着他们更是该被提拔的人。

越是这样，由大用越是觉得组织上的安排有着积极正面的考量，各单位办公室主任和人事科长都像割韭菜一样地割，结果割了一堆人，真找个分管业务工作合适人选的时候，却一个也找不出来。

项天拟任职的公示期已过，但任职的文件一直没有等来。这期间，局长由大用找过项天一次。由大用说，不瞒你说，关于对你的任用是我向组织推荐的。虽然是我推荐的，但投票结果还算比较集中。但有个别人意见非常大，一直在不停地反映。这样一来，让问题复杂化了。比方说伊班，他反映你进来后，并没有干什么事。

项天说，这一点他反映得其实没错，我自己也这么认为。

由大用说，你本来就是专业不对口进来的，又是文化宫这样的单位，由着你干，你还能干出什么事来。不要说你，就说伊班，他进来了这么多年，他又干出了什么惊天动地的大事！没有。大家都很平庸。我跟大家比更平庸。但是在这平庸中，我们也不能一点理想都没有。所以，我发现了你，想把你当作一颗冷棋子来使用。

冷棋子？

你是以文学部的编制进来的。我知道你也写不了什么，那本《经商记》不管是出版也好，被改编也好，它根本没多少文学品质。你能写当然好，不能写也没关系。现在的文学你也知道，多篇少篇也就那么回事，市里压根儿就不过问这些。我倒是觉得在文化人成堆的地方，有个学经济的可能不是坏事。文化也存在一个经营的问题，随着社会的经济发展和文化的繁荣，文化经营或者说经营文化的空间会越来越大。我们伊甸应该说文化很深厚啊，可做文化为什么做不过人家？数算来数算去，因素很多，但缺少人才是很重要的一个原因。目前在咱们系统有高学历的人太少了，都是些半瓶子醋，你让他来回晃荡，那有本事，要让他正儿八经调出盘菜，恐怕就难了。

项天心里有些憋屈，敲开了眯眯一个人居住在南青石巷的房门。眯眯摆着酒，但却没用。项天说，你准备一个人喝？

我在等你。

项天说，你真会扯篇儿。

可你不是来了吗？我知道提拔的事，你肯定会来找我。

为什么？

因为你没戏。

你怎么能说得这么肯定！

眯眯说，由大用他根本驾驭不了。再说，你也并不适合。起码就目前的生态环境你不合适。

项天说，喝酒吧。一边喝一边说，我确实也没干出什么事来，比我资历深的人多得是。

眯眯说，你说的这些都不是根本原因。

那根本原因是什么呢？

根本原因是我们不需要太能干事的人。起码文化上多年来是这样。

184

他们只想干官，不想干事。大家都在瞅着，不单是瞅着你，也瞅着别人。就等着你往外冒，只要往外冒，他们就立马出手。你根本不是他们的对手。你说我资历深吗？我干什么事了吗？没有！但这么给你说吧，其实，第一方案往外推的，并不是你，而是我。

你！这么怎么可能！

怎么了，你觉得我不合格？

项天说，你肯定不合格。就你那学历现在还能拿出门来？

眯眯欠身一笑，你错了。恰恰我可以算是专业出身。我随便弹一曲琵琶，能顶过你干十件事。甚至我还用不着弹什么琵琶，漂漂亮亮地招摇招摇，就能把好事扯到自己身上。你信不？

项天说，既然你有这么大本事，那你应该干啊！

眯眯端起红酒杯，摇晃了一阵子，然后说，不会的。我不会干。那样会害了我自己，也害了其他人。

这个眯眯，别人拿她确实没办法，她总是善于用一半的真实遮蔽另一半的荒诞。这已成为她的招牌风格。

项天说，他们对我和纳小米的事反应很强烈。

眯眯笑了笑。这是没办法的事，你只能当一堵泥墙头，由着雨淋。

其实，我已经跟莫若兰离婚了。

纳小米知道吗？

她不知道。我没跟她说。

看来你又要开始一场新的恋爱。

项天说，不恋了。我跟由大用说，我们准备结婚。

纳小米同意了？

不知道。我是顺口给由大用那么说的。因为与其解释，我还不如干脆这么说。

15

有段时间，突然闹起"非典"。英雪那座女生楼里，有一个重度感染者。全校感染的人不少，但最后"走"了的就她一个。那么巧，这是英雪平时最谈得来的一个女伴。这事好像对英雪打击很大，性格变得更加孤僻。

项天借着去省城办事，专程去学校看望她。项天去的那天，正遇上一场秋雨，淅淅沥沥，一直下着。项天在一座教学楼前站住，远远就看见一把大大的黑伞向这边移动。项天不用看脸，只看伞面下的身材，只看那把伞，就知道是英雪。英雪直至走到项天跟前才发现了他。英雪显然没想到，说你怎么来了？

项天说，过来看看你。你还好吧？

还好。

项天帮英雪把伞收起来，然后拿出一把新的交给她。项天说，我来学校的路上时刚买的。

项天给她的是一把花伞。英雪打开，碧蓝的底色上有青草、绿树、小鸟、花朵。雨滴打在上面，像一场柔柔的雨落在春天的公园里。一把伞仿佛改变了季节。

怎么样？项天问。

英雪说，挺好的。

项天说，以后不要再打那把黑伞了。有时候，一把伞就可以改变人的心情。

英雪仰仰头，看着伞面，说，我明白。

以后，你也要多笑一笑。你笑起来很好看。项天说完，英雪轻轻一笑，像是专门笑给项天看的。项天问，有没有男生追你？

英雪脸色约略一红，不知道。

那有没有你喜欢的男生？

英雪仍然回答，不知道。

项天是想让她自己去寻找希望。英雪说，我去上课了。

项天目送英雪撑一把花伞，走在两道冬青墙夹起的铺砖小路上。冬青墙绿绿的，滴着冷冷的秋雨。英雪窈窈窕窕地走过那道长长的铺砖小径。这情景，仿佛让项天的思绪回到了伊甸那条破敝的小巷，小巷里费伯木言讷语，明公轻摇羽扇，万相礼玄虚义理，谭大嗓秃顶朗诵。而英雪擎一把小伞，走过酒桌，走过每一个人的身旁。是英雪，美丽了那条早已被人遗忘的小巷。如今，英雪仿佛是从一场雨中走出来又走进了另一场雨中，命运为什么让她一直是在阴郁的雨中穿行？晴朗和明媚对她来说，就那么珍贵和奢侈吗？

16

英雪的毕业去向还算圆满，她被滨海航空招录，成为一名预备空乘，已入滨海航空基地培训。培训结束后，飞日韩国际航班。一次，项天参加中韩非物质文化遗产双边磋商会，滞留济舟岛，项天想，如果英雪的航班正好飞过来就好了，可以在这儿见上一面。电话打过去，很巧，她正好在。

济舟岛是韩国南部最大的风景区。晚上，两人从宾馆出来，步行着走到海边，在著名的火山口旁停下来。在这样一个风景区，项天以为他

187

完全可以跟英雪进行一次轻松而又愉快的谈话。但没想到英雪的谈话，却让项天的心情变得更加沉重。

英雪说，项叔，我想问你个事。

你讲。

你当年玻璃板下面压着的那张女孩照片到底是谁？

我大学的同学，项天说，我记得当时就告诉过你。

我猜她应该是你的初恋。

也可以这么说，严格说应该是暗恋。因为我从来没向她表白过。

为什么？

因为那时我还不知道自己的生活要走向何处。

那么眯眯呢，我以为你们应该能够走到一起。她那时经常去找你。

眯眯，怎么说呢，可能因着同事关系，年龄又相差无几，平常走得近了些，但她似乎对我没有这方面的意思，我更觉得她不适合我。我对爱情的期许，是追求一种暖暖的温热，而她要的是浪漫。

爱情不就是需要浪漫吗？

爱情很多时候更像是一种气体，越是浪漫，就越是容易挥发。眯眯已经为此付出了代价。

代价？

你可能还不知道，她已经走了。

英雪瞪大了眼睛，听项天说着一宗毒品案件。

文晴晴与闵繁浩应该很合适，他们还好吧？

已经离了。

啊！为什么？

一言难尽。

纳小米的姐姐纳小玉呢？

188

并没像预期的那样大红大紫，倒是出过音像光盘。

你跟纳小米结婚了。你觉得纳小米怎么样？

算单纯吧，跟你可能有些共同点。——哎，刚才你怎么会问起这些，这些人你大多都不认识啊？

项叔，你好像既是一个记录生活的人，又是一个喜欢忘却过去的人。

为什么这么说。

你跟莫若兰结婚后，那间小屋的东西你什么也没带。在那张老旧书桌的抽屉里，我看到了你的一个笔记本。我和我妈第二次搬到你的住处时，你去了青龙庄园，家里的东西几乎又是什么也没带。这一次，你留下了好几本笔记。在我照顾我妈的那段时间里，我把它们认真地读了，而且读了不止一遍。你知道我读了之后的感受吗？它让我茫然到了心灰意冷的程度。我觉得生活好像很恐怖。说着，英雪拿出了一张照片。我一看，竟是英雪的裸照。

怎么！郝岩后来又找你了？

是我找了他。就是在那段时间里，我决定拍下一组写真，因为我当时不知道自己还有没有勇气继续走下去，或者要走到哪里去。

看来，在英雪的高三时期，绝不单单是家庭变故打击了一个柔弱的少女，英雪在生活乱象中的苦苦挣扎同样让一颗纯净的心灵迷失了方向。

听英雪说这些，项天更想知道英雪现在的感情情况。英雪却说，我不想去想那么多。

你应该考虑了。

在基地培训的时候，有一个人几次请我吃饭我都拒绝了。

为什么？

我说，我有男朋友了。

你何苦要撒谎呢。

189

英雪说，我觉那人不怀好意，所以我给他看了一张照片。当年我住进你的小房子之后，看到桌上的玻璃板下压着你的照片，我就收起来了，这几年我一直带在身边，终于派上了用场。想不到，你的照片也能保护我。

这可不行，你把照片给我吧。

在我钱包里，没带出来。

项天想让英雪放松一下，笑着说，你还记得当年吗，你跟我开玩笑，说你女朋友不跟你结婚我跟你结。

英雪红了脸，但却说，不记得了。

那天，海面上的风很大，英雪没有穿空乘制服，衣袂飘飘，一副单薄无助的样子。本来她已失去根基，如今在天空中飞来飞去，她的感受可能自己更像是一朵浮云。空乘，或许真不是一个适合她的职业。

英雪说，我很想回家。

项天只能劝她说，当年我们巷子里的人都把你看成天使，天使当然就应该在天上飞。一切都会慢慢变好的。

英雪说，我也强迫自己这么想。

晚上，英雪给项天发过信息来，信息很长，大意是，她这辈子不想再结婚了，太多的事已经让她心寒。

济州岛上，那座著名的火山口，当时就在项天和英雪不远的地方。让项天想不到的是，英雪自己已经坐到了生活和感情的火山口上。

更让项天没想到的是，在他与英雪分手后不久，英雪单位就与她的家人联系，说褚英雪已经无法正常上岗，让家人接回家休养。

这是又发生了什么事？原来英雪又遭受了打击。她有个同伴跟她很要好，两人住一个宿舍。前几天她同伴自杀了。她们这帮人还在培训基地的时候，他们培训基地有个同志的爱人姓钱，所以同事们都管他老婆叫钱妻。英雪的同伴爱上了他，问他你真有前妻啊。那人以为她知道，就说是啊。于是就这么莫名其妙地掉进了旋涡，闹得不可开交。小女孩想不开啊，就自杀了。

英雪同伴自杀是在一个晚上。英雪睡下后，同伴服用了安眠药。一早醒来，英雪发现自己的床头放着一张纸，上面有两行字：我已折断翅膀，请你代我飞翔。后来，在英雪查看同伴笔记本的时候，发现笔记本里有这两句话，不过在这两句之前，还有两句：这社会熙熙攘攘，美丽无法躲藏。根据她笔记本里的记载，事情跟单位上的说法并不一致。笔记里对这件事有着详尽的记述，是那个男人骗了她。单位上的人说，从这天开始，褚英雪就无法上岗了。

英雪突然回来休养，成了一个很棘手的问题。闵繁浩的意见是让她去桃花山。项天不同意这个安排，原因是石在南在那儿，还没完全转化过来呢，石在南的状态不仅对英雪的休养没帮助，甚至还会起反作用。闵繁浩说，那你说怎么弄？

项天说，就让她留在谷子山吧。

谷子山？谁来照顾！

项天说，总有办法。

项天想单独见一见英雪。他去谷子山，牵着英雪的手走进溶洞，来到了萤光湖边。闵繁浩在此处安放了大理石的石凳石椅。项天和英雪在石凳石椅上坐下来，面前是清冽甘美幽深莫测的湖水，周边是千姿百态的岩溶景观，头顶成千上万只萤火虫附着于钟乳洞壁之上，像无数星光在穹顶间闪烁，形成了一片灿烂绒绒的星际。

项天说，你喜欢萤火虫吗？英雪望着头顶的萤火虫，好像并没有听到项天的问话一样。项天说，你看到了吗，每一只萤火虫都自备着一盏灯，这样它们就不会在黑暗中迷失前行的方向。它们不仅照亮了自己前行的路，还以自己微弱的光芒，装点出了这个世界别样的美好。

英雪说，我给你唱首歌吧。项天听英雪这么说，很高兴。没想到英雪一开口，唱的却是《女人花》。

我有花一朵

种在我心中

含苞待放意幽幽

朝朝与暮暮

我切切地等候

有心的人来入梦

女人花摇曳在红尘中

女人花随风轻轻摆动

只盼望有一双温柔手

能抚慰我内心的寂寞

我有花一朵

花香满枝头

谁来真心寻芳踪

花开不多时

啊堪折直须折

女人如花花似梦

我有花一朵

长在我心中

真情真爱无人懂

遍地的野草

已占满了山坡

孤芳自赏最心痛

女人花摇曳在红尘中

女人花随风轻轻摆动

只盼望有一双温柔手

能抚慰我内心的寂寞

女人花摇曳在红尘中

女人花随风轻轻摆动

若是你闻过了花香浓

别问我花儿是为谁红

爱过知情重

醉过知酒浓

花开花谢终是空

缘分不停留

像春风来又走

女人如花花似梦

缘分不停留

像春风来又走

女人如花花似梦

女人如花花似梦

英雪望着平静的湖水，细弱的声音像一团薄薄的雾从水面往上升腾。项天感觉自己不是坐在闵繁浩的溶洞中，而是与英雪一起坐在济州岛著名的火山口上，一座生活和感情的火山口。仿佛英雪是一堆火光，待项天奔过去时，英雪的燃烧已经停止，甚至已化为灰烬。英雪，她为什么要义无反顾地坐上这座火山口！她为什么要如此偏执地一路走下去！这到底是谁的错！难道就是我们天天要歌颂的生活吗！一个女人从含苞到盛放，再到枯萎，《女人花》将其演绎得淋漓尽致。那分美丽之下的落寞，那种繁华背后的凄凉，痛彻项天的心扉。项天突然明白了给自己看过心理的那个老女人医生的话："男人就是祸。女人就是祸。性就是祸。"可谁又逃得了这个魔咒！世界上的一切几乎都可以用男女来拆解。如果说伊甸这座城市是女人的，那一条条大街算不算男人的。如果说一条条大街是女人的，那一辆辆疾驰而过的车辆算不算男人的。如果说来来往往的车辆是女人的，那上上下下的人流算不算男人的？

这次见面的当天晚上，项天翻来覆去地睡不着。好不容易睡着了，却做起梦来。梦中的英雪从伊甸三十多层高的国贸大厦顶楼，纵身一跃，借助风力，在空中轻舞飞扬，她飞翔的姿势是那样优美，脸上荡漾着纯美的笑容，像一个人的航班，飞越伊豆河上空。

项天被自己的梦吓醒了，浑身虚脱，感觉这些年，仿佛自己一直在收藏着一件价值连城的瓷器，可不论怎么去保管，到头来还是被一只无形的手碰落了，变成了一地瓦砾。为什么美的东西总是这么易碎？那只看不见的手又到底是谁的？

17

在北京发展不错的郝岩，准备南下香港，筹办一本人体摄影杂志，行前到伊甸来拜别。

194

当年，郝岩没想到一青洗浴城的老板苗青青和按摩女笑笑都是毒贩子，案子出来后，查阅苗一青的社会关系，查到了郝岩。公安曾将郝岩带走过。郝岩出来后，项天问他，没事吧？

没事。我要知道她们是参与贩毒的，打死我也不会和她们交往。

项天说，听说你和那个苗一青不太清白。

不怕丢人，我给公安都如实交代了。

你是咱伊甸有名的艺术家，想必是苗一青把你看作了她潜在的客户。

郝岩说，想想也真够可怕。

过了一会儿，郝岩问，明公在北京怎样？

你怎么突然问起他来了？

我也想离开伊甸。

项天说，大胡子谭春秋也跟随明公去北京了，听说不错。

其后，郝岩去了北京。

这次郝岩回来，项天专门为他设了宴。宴会结束后，项天和他两个人仍留在房间里说话。郝岩突然问起，那个褚英雪现在什么情况？

项天说，唉，一句话也给你说不清。

郝岩说，我能说清的就一点，应该不是处女。

你怎么知道？

嘿，我这些年看女人你以为我白看了，一打眼，我就知道是什么货色。是处女不是处女我一眼就能看出来，那区别大了去了。

项天没说话。郝岩瞅着项天说，是不是你把她办了？

你说什么！项天拔地而起，一拳就把郝岩打翻在地，接着抓着郝岩的衣领把他提溜了起来，推到墙上。

被项天挤到墙角的郝岩说，哥们儿，你这是咋了？

郝岩回香港后，某天夜里给项天打电话，兄弟我给你说句话，这些年我发现你好像在刻意守护着什么，不知你看明白没有，当下这个环境里，每一个人都跟发情一样，到头来注定你什么也守护不住。不说这些了，有时间到香港来玩吧。

18

项天想最后一次去看看小巷。小巷，几年来早已人走巷空，杂草丛生，凋敝不堪。小巷小得几乎没有任何开发价值。它被这座城市彻底遗忘了。但项天意外地在小巷里遇见了丁香。当时正下着小雨，丁香擎一把伞，独自在雨巷里走来走去。

明嫂……

我现在已经不是明嫂。

明嫂傻了一般，独自一个人在雨巷里走来走去。项天的心里无声地响起大胡子谭春秋在明公酒桌上的朗诵：

独自彷徨在悠长、悠长

又寂寥的雨巷。

她是有

丁香一样的颜色，

丁香一样的芬芳……

项天询问身在北京的谭春秋是怎么回事。谭春秋说，你还记得明公说过他洗澡爬树的故事吧。

记得。

那伙向河边奔过来的村姑中，有一个女孩后来考上了美术学院。明公已经是那座学院的客座教授，于是他们好上了，现在已经结婚。

19

　　小巷彻底凋敝了，也荒芜了。如若夜晚走进去，会发现只有几只萤火虫还在耐心地飞。

第六部 净 土

1

郭从甚打过电话来，语气中有些自得：我现在在桃花山呢！

项天说，什么风这是，把你给刮来了！

哈哈，秋风，郭从甚说，我从你家乡枣园过来，去论证一个旅游项目。这往回走呢，路过伊甸，当然就想起了你。

嘿，你这家伙！那好，你等我一下，我这就去接你。

伊甸城与谷子山、桃花山大致呈三角状态。只是桃花山比谷子山撑得更远一点。

2

桃花山。项天在新婚之夜，曾跟莫若兰谈起过这个地方。

当时，莫若兰问，你谈过恋爱吗？

项天说，谈……过。

听项天这么说，莫若兰紧跟上了一句，跟谁？

项天沉了沉，说，有这么一件事，我也不知道算不算。

本是新婚之夜，但那晚莫若兰喝了不少酒，为什么要喝那么多酒，项天也是到后来才明白。但当时，莫若兰红红的眼睛一直盯着项天。

项天说，有一年，好像是大二的时候，我经过伊甸的桃花山。桃花山一如它的名字，遍野桃花，有一条蜿蜒的公路掩映在桃树和桃花之中。山路崎岖，红花绿树，景色迷人。我背包里平常装的都是经济方面的书，那天等车时在候车厅里顺手买了本《诗经》。买完后我就后悔了，上车前胡乱翻了一阵。车过桃花山，看到漫山遍野的桃花，我突然想起了临上车前买的那本《诗经》，于是拿出来随手乱翻，这一翻就翻到了那首著名的《诗经·国风·周南·桃夭》：桃之夭夭，灼灼其华。之子于归，宜其室家。桃之夭夭，有蕡其实。之子于归，宜其家室。桃之夭夭，其叶蓁蓁。之子于归，宜其家人。细读这些句子确实古色古香，一唱三叹，可惜太生涩，不那么容易理解。那么巧，邻座正好有位中学语文教师，他说，这个其实很好懂，如果翻译成现在的话，那就很简单，大体意思是：你看，棵棵桃树茂盛茁壮，朵朵桃花相映红光，出嫁的姑娘窈窕美丽，婚后的生活像爱河流淌。你看，桃树繁茂浓绿，鲜桃压弯翠枝，出嫁的姑娘多么美丽，给新建的家庭喜庆添子。你看，桃树叶子密稠稠，夫妻相爱到白头。要说老师就是老师，经他这一翻译，确实简单多了，看来《诗经》的描述的确是精美无比。这时我一抬头，发现一位非常漂亮的女孩，止十分专注地往我们这边看。我这一抬头不打紧，她目光来不及躲避，一下绯红了脸。接下来，总感觉那女孩的眼光一直在往我这边看。我当时还想呢，是否该与她打个话头，认识一下。正犹豫间，车停了，正是那女孩下车。女孩在下车后，对着将关未关的车门，突然大声说了两个字。女孩到底说了哪两个字？是地名还是人名？她是对谁说的？便成了谜。

项天说的这事，说有也有，说无也无，不过是想就着莫若兰的话题打个雅趣。这显然并不是什么恋爱，甚至连艳遇的边儿也沾不上。

没想到莫若兰对这则不着边际的故事却很感兴趣，说，我倒觉得这个人值得你用一生去寻找。

项天认定莫若兰已经喝多了。于是应付她说，就算我去找，不说远了，就设定她在伊甸——项天一边说，一边用手指蘸着酒，在桌上画了个圈——但你怎样才能从这二百万人口的城市中把她找出来呢？万一她不是伊甸人，不住在伊甸呢？

问题就在这儿！莫若兰红光满面，继续说，你如果年轻时找到她，不用说，可能会成就一桩被人称颂的奇缘。等到年纪大了，才找到她，便可以让人唏嘘动容。如果你这一辈子都没找到她，那么你会是这个世界上一生都拥有爱情的人。

总之，按照莫若兰的意思，项天完全可以成就一段传奇。

项天故事中的那条公路如今依然蜿蜒在桃树之中，只是新铺了油面，桃林夹道平添几分清幽。

项天接上郭从甚后，想绕山路转一圈。郭从甚说，景色这么好，不如咱们下车走走。

那也好。项天在一个回环处，把车停了，两人抄小路步行。

项天说，我给闵繁浩打个电话，通报他一声。郭从甚说，别让他再跑一趟了。项天说，他不一定在市里，他这人经常一个人往桃花山跑。有一次我问他，你怎么老往桃花山跑？他的回答是，那地儿遍地桃花，我喜欢。

项天打电话。闵繁浩说，你怎么跑到那里去了？

郭教授来了。

哦，那好啊。晚上我等你们。

二人走进峡谷，沿着一条细流，逐水而上。项天说，我刚才接你的地方，过去是一个站口，有一年车过此地，在车上遇见了一个绝色女子——项天故意描绘得香艳——如果是你的话，可能就有戏了。

你还遇到过这样的事？浪漫！郭从甚说，还是《诗经》牛啊，是它第一个把女人与花朵联系起来。哎，你不会是为了找那个桃花女，才来伊甸的吧？

项天说，过去你如果这样说，我一定会说你瞎掰。

那现在呢？

项天因为想到了莫若兰，所以说：现在……我倒真想能够找到她。

唉！郭从甚叹口气，我们的老项心也花了。

二人一路走来，细品慢赏，峡谷中的景致，竟然与陶渊明的桃花源无二，夹岸数百步，中无杂树，芳草鲜美，落英缤纷。景色比公路边又多了十分。郭从甚问，你说此处是否也有无论魏晋之人？

项天说，这都啥年代了，能有这么一个少有污染的地方就不错了，哪还有无论魏晋之人。

说话间，桃林深处却隐约有歌声传来，项天和郭从甚都觉得十分惊奇，仔细听，竟是《红楼梦》中林黛玉有名的葬花吟。

> 花落花飞花满天，红消香断有谁怜。
>
> ……
>
> 一年三百六十日，风刀霜剑严相逼。
>
> 明媚鲜艳能几时，一朝漂泊难寻觅。
>
> ……
>
> 花魂鸟魂总难留，鸟自无言花自羞。

愿侬此日生双翼，随花飞到天尽头。

天尽头，何处有香丘？

未若锦囊收艳骨，一抔净土掩风流。

质本洁来还洁去，不教污淖陷渠沟。

……

侬今葬花人笑痴，他年葬侬知是谁？

试看春残花渐落，便是红颜老死时；

一朝春尽红颜老，花落人亡两不知。

歌声是越剧版的唱词。越剧腔调，宛如江南丝竹，柔媚婉转，一唱三叹，待唱到"天尽头，何处有香丘"，那直击肺腑的悲伤情怀，让项天和郭从甚都不自觉心下缱绻。郭从甚说，天籁啊这是！

两人循声蹑迹前行，走过数片桃树，发现前面有一小庵。小庵是一座简朴的小院，未进院，便闻得里面细微的香火。院内有一尼，身着三宝衣，满脸红润，法相庄严，外带清丽，年龄不过三十六七的样子。

你们来了？红润庄严清丽尼先开了口，宛如事先知道一般。

项天轻问，刚才是您在唱歌？

是的，我想唱给你们听。

你应该唱佛经才是。郭从甚说。

可你们并不信佛。

郭从甚马上纠正说，谁说我们不信！

红润庄严清丽尼打量了一下郭从甚，说，因为你们喜欢红尘，男情女意，乐此不疲。不过，对看透的人来说，一切都是春尽颜老。

女尼的这句话，一下让项天想到了迟德开。其实何止迟德开，自己难道不也是吗？红尘中多少男女在追情逐意，声色犬马。他和郭从甚都早已深陷其中。

项天问，我到伊甸时间说短也不短，怎么从来没听说过这里还有这么一座庵？

红润庄严清丽尼双手合十，说，还未完全建成，也还未做法事，开佛光，做布施。区区小庵，不足为外人道也。

项天环视小庵，崖拥岩抱，草拱树围，溪涧侧流，桃林成片，红墙彩绘，蓝天祥云。项天说，师父大德，此地一旦开光，香客必定蜂拥而至。

红润庄严清丽尼说，净土并不求众，心中有佛，自成道场。

郭从甚说，问声师父，您出家可否有年？

已历十载。

刚才听您的唱腔，婉转优美，堪比天籁，妙音相随，淘尽胸中块垒，我都差点被您唱哭了。郭从甚说得很矫情。

项天说，看来师父对越剧多有体察。

红润庄严清丽尼面含微笑，不瞒二位，我原是越剧演员出身，辗转舞台多年，招招式式仍存心中。

郭从甚说，从您容颜看，想必年轻些时，一定是一枝小百花。

听郭从甚这么说，红润庄严清丽尼红颜香泛，面呈腼腆小女子之态。马上施礼：谢施主慧眼，我的确得过小百花奖。

项天很惊异，问，这么说您是演林黛玉出身？

惭愧惭愧！

项天与郭从甚虽然都是学理的，但对《红楼梦》非但不陌生，反都格外喜欢。《红楼梦》早已被多个剧种反复改编，但细细想来，最能体现红楼意蕴的还得说是越剧，唯有越剧的唱腔与红楼才是最搭。项天将此观点说与女尼，女尼说，这是因为越剧的唱词和唱腔，经几代人精雕细刻，几成经典，已经深入人心。

203

项天说，不瞒师父说，我们二位都是越剧迷，也可以算得上是《红楼梦》的铁粉，可否请师父再唱一曲？

红润庄严清丽尼略整佛衣，轻润玉嗓，拿出手势，真的唱了。只听她唱道：

> 我一生与诗书做了闺中伴，与笔墨结成骨肉亲。
>
> 曾记得菊花赋诗夺魁首，海棠起社斗清新。
>
> 怡红院中行新令，潇湘馆内论旧文。
>
> 一生心血结成字，如今是记忆未死墨迹犹新。
>
> 这诗稿不想玉堂金马登高第，只望它高山流水遇知音。
>
> 如今是知音已绝诗稿怎存，把断肠文章付火焚。
>
> 这诗帕原是他随身带，曾为我揩过多少旧泪痕。
>
> 谁知道诗帕未变人心变，可叹我真心人换得个假心人。
>
> 早知人情比纸薄，我懊悔留存诗帕到如今。
>
> 万般恩情从此绝，只落得一弯冷月照诗魂。

一曲唱罢，红润庄严清丽尼已是满脸泪痕。如果褪去僧衣，换上潮装，略施粉黛，想必她一定会是一个绝色的风韵女人。但她何以从华丽的舞台黯然转身，素颜相向，孤坐青灯黄卷，或许黛玉的故事里已经含满了她自己的影子，其身世已不必再问。

项天其实也很喜欢贾宝玉的《金玉良缘》和《问紫娟》唱段，但知她主要是唱黛玉，又看女尼的伤感情状，不便再开口。

项天说，既然这些曲词如此伤感，师父您何必再唱呢，况且您已经远离舞台。

女尼说，好的歌曲，好的戏曲，与经书都是一致的，皆有异曲同工之妙。

项天和郭从甚与女尼告别。郭从甚说，我会再来看您。

不必刻意，有缘自会相见。

女尼送至庵门，项天与郭从甚隐进树丛，回望时，依稀仍能看到庵门前的一身僧衣，在山风中轻扬。

在桃林中行不多远，郭从甚突然发现侧方倏忽一闪，衣袂飘飘，说好像有人闪过。

项天看时，桃林静谧。有吗？

郭从甚甩甩头，似想把头脑晃醒的样子，难道还能是幻觉？刚才我的确看到一个女人。

项天说，这桃花源不会再有别的女人了。

说不定就是你要找的桃花女呢？

项天笑了，说，我就知道你喜欢八卦这些事，告诉你吧，这儿不会有桃花女，恐怕只有桃花精。

走出桃林，回到山腰公路，二人在车前稍事歇息。郭从甚发感慨，神奇！想不到这桃林中还隐匿着这样一座小庵。但我怎么觉得她不像出家人呢？

项天当然也能看得出，红润庄严清丽尼至少还有那么一大截心思淹没在红尘之中。可话又说回来，哪座寺庵是绝对的净土，哪座庙宇又能独立于红尘之外！人心即江湖，所谓的修炼不过就是寻一根绳索，把自己捆绑起来，通过自我审问的方式，达成与这个脏乱世界的备忘与和解。

项天的车进入伊甸城的时候，已是傍晚。项天说，上次来，你就没能看到伊甸大卖场，今天时间又来不及了。

大卖场是你的道场，看来与我无缘。或许是刚从山上下来的缘故，郭从甚话语间还带着浓浓的禅意。

项天说，你至少应该感受一下。

205

郭从甚说，多次听你说，说实话我都一直不太相信。里面的货那么便宜，会不会都是假货，山寨版。

项天说，据说，早期卖场内确实真假混杂，后来不断规范，假货已难以立足，而且商户也都发展起来，渐成规模，卖假已没多大意义。至于便宜，那就是卖场的独特优势了。前些年，闵繁浩做家电业务时，数千元的电视机、电冰箱一元利就卖，他赚的是达到一定销量后厂家给予的返还点，所以有时就会出现比直接从厂里出还便宜的情况。一个不足一百平方米的店面，营业额过亿很正常。家具等也都是这样，你在卖场里到处可以看到南方的家具，都很好，你如果到南方当地去买，你会发现并不比这边便宜。

3

闵繁浩在伊豆河饭庄专门宴请了郭从甚。酒桌上，项天说起了桃花山之行。郭从甚说，那是个少有的好地方。

项天说，我们弃车探访，你猜怎么着，竟然访得一桃花源。土地平旷，屋舍俨然，有良田美池桑竹之属。阡陌交通，鸡犬相闻。其中往来种作，男女衣着，悉如外人。黄发垂髫，并怡然自乐。

闵繁浩打断项天，你说得也太神了吧，你如果说桃花山里面有一座小庵这我相信。

项天惊异，你知道？

闵繁浩一笑，我当然知道。

郭从甚说，这倒不奇，闵总是老伊甸。

闵繁浩说，这与老伊甸新伊甸关系不大。

那……

闵繁浩说，因为那座小庵是我建的。

项天说，你建的？怎么从来没听你说起过啊。

闵繁浩说，严格说，是家父当年建的。

项天第一次听闵繁浩说到父亲。老人家怎么想起要建这个？

说来话长。我当年远行西北，扬言出家。但我给父亲说的却是去了南方。父亲由此借做生意之便，每次去南方，必到寺庙造访。没找着我，却结交了一高僧容草大和尚。见面之初，大和尚即言，你的本心本与佛法无缘，但进寺庙久了，佛光在你身上自然也有了显现。你有厚德，儿子之事无须你多加挂念。别看他看似一心向佛，实则无缘，你尽管放心即是。由他在外闯荡一番之后，自会回来，承继祖业，这是他的命数使然。父亲听其点拨，安了心，说我会常来看你。容草大和尚说，不必，我们的缘分即尽。家父见师父年纪不过七十，身体健朗，心清气爽，不知他何出此言。师父却说，但有一事，将来还须劳你施助。请讲！我有一女弟子，早已厌腻红尘，但她心高气傲，一时难以煞下心来。那么我走后，她恐难与其他众尼相处。北方硬朗空旷，多敬鬼神，南方秀美委婉，多事佛理。她研密宗，应在北方修炼为佳。她虽悟性极高，但一时道学尚浅。望你能在当地寻一僻静之处，立庵建寺，助其修炼，以达正果。父亲问，那我可否与你那女弟子一见？师父却说，她还未出家，不过现在应在往这走的路上。该相见时你们自会相见。父亲回来后，便先行选地建设。初步完工后，想去见高僧一面，听听高僧对后面建设的意见。车过长江，还未等进山，车意外抛锚。一位女尼正打此过，想搭父亲的车捎捎脚。父亲问去哪？女尼说，还未想好，走到哪算哪。父亲又问，你可是静宁师父？女尼答正是，我与你初次见面，你怎会知我的法名？父亲大喜，说正好一起，我本就是要去见容草师父的。静宁顿曰,师父一月前已圆寂。就这么着,静宁住进了桃花山。

郭从甚说,老人家当初选在桃花山,美则美,只是把尼庵安在那里,会不会让人觉得心下难静。

闵繁浩说,这个倒没有必须安在哪里之说。常言道,佛法无边嘛!其实,人要完成真正意义上的出逃是很难的。我逃过,可是你可以逃得了环境,但你永远逃不出你的内心。小庵安在桃花山,保不准正好可解桃花劫。你要有桃花劫的话,不妨可让她给你解一下。

因为有项天在一边,郭从甚略带尴尬地说,我没有!

项天嘴上没搭话,心下却在说,嘴硬,桃花不劫你劫谁啊!

4

项天、郭从甚与闵繁浩分手。闵繁浩一个人先走了。郭从甚上了项天的车,问项天,今晚我住哪儿?

项天说,去别墅!

去别墅闵繁浩干吗先走了?

他去商人村住了,他那边有房子。今晚我陪你。

青龙庄园,别墅,项天敲门。郭从甚说,你不跟闵繁浩要钥匙,干敲门管什么用呀!难不成里面有人?

说话间,门开了。是纳小米开的门。纳小米的青春和靓丽把郭从甚给惊住了。郭从甚说,莫,莫……郭从甚因为还没见过莫若兰,所以眼前这位到底是不是他显然还拿不准,想喊又不敢贸然喊出口。

郭教授请进。纳小米甜甜地把郭从甚让进去。

208

纳小米早已烧好了水，这会儿泡上茶，一一给二人倒上。纳小米身着休闲装，一身的青春气息，倒水的时候长发滑落下来，她用手自然地往上拢一拢，脸上露出浅笑。

郭从甚坐在沙发上，因为还没搞清项天与纳小米的关系，所以一时不知该怎么开口。

纳小米说，你们老同学叙谈，我就不打扰了，有什么事你们喊我一声就好。说完，纳小米上了二楼。

纳小米一离开，郭从甚立马探过身子来，这是⋯⋯

项天故意拖着不开口。郭从甚说，我明白了，看来闵繁浩这老兄也总算开荤了。

项天悄声说，你想哪去了！他如果开荤，他还能去商人村？

郭从甚轻敲茶几，对呀！

项天看看一楼通往二楼的扶梯，静静地。这才收回目光，给郭从甚交实底。她，纳小米，一个歌手。项天简单说了纳小米的情况。郭从甚听完，一下直起了腰身，随带着也提高了嗓音。噢，你要这么说，我就明白了。郭从甚把小眼睛眯得小而又小。

项天说，一看你那眼神儿，我就知道你又想歪了。

哎，歪什么！你还跟我装什么糊涂，这不明摆着是你泡上的呗。

项天连忙摆手，然后指指二楼。哪是你说的那回事。

郭从甚听项天这么说，有点不高兴，说，你变了。

项天说，我变了吗？

郭从甚一卜提高了嗓门儿，我说你变了！

项大不自觉也跟着提高了嗓门儿，我没变！说完，赶紧把郭从甚拉进了一楼卧室。

一进卧室，项天就把门关了。项天问郭从甚，我怎么变了？

209

郭从甚说，你变得不真诚了。

怎么就不真诚了？

这是明摆着的事，我不过说了出来。可你愣是不承认，你原来不是这样，是个坦诚爽快的人，有几是几，怎么到伊甸后就变了呢！你说我的事什么时候瞒过你，什么事你又不知道？不就是一个女孩吗，你泡了也好，办了也好，干了也好，不过都是两相情愿的事，还有什么大不了的。我也不过就是一只蜻蜓，一只蝴蝶，我感觉你就好像把我看扁了。我不如你，好了吧！

哎，你可别这么说。老何这家伙可有个理论，好色的男人才能干大事。他说，一个男人守住老婆过一辈子，不开半点花心，注定不会有多大出息。敢偷情的男人，才敢于打破常规；没有征服女人的果敢，哪来征服世界的欲望；只有在征服女人的过程中，才真正能检验出一个男人智商的高低；作为一个男人，只要你敢于偷情，善于偷情，早晚能把一个世界偷回来。

老何？是不是就是那个迟德开？什么时候变成老何了？

项天说，一身荷尔蒙味，大家干脆叫他老何了。

郭从甚赌气似的说，我倒觉得让他说对了。是，他浑身色，他浑身都是生殖器，可那又怎么样，他就有本事把小苹果会所搞起来。

纳小米离开不过一会儿，去楼上后，卧室门并没关，也不需要关。一开始听到两人窃窃私语，随后声音大了起来，进了一楼房间后，声音就更大了，像是吵了起来。她悄悄下楼，停在木质楼梯中间，两手抓着扶手，侧身听里面的动静。听到郭从甚说，可那又怎么样，他就有本事把小苹果会所搞起来。你呢，别说小苹果，就算烂苹果你不是也没搞起来吗？

又听项天说，他还有个理论，说沿着一大片森林往里走，里面便是一片春天的湿地，生机勃发。有人管这叫生命的通道。你看，森林，春天，湿地，万物勃发，所以说，女人就是大自然。你如果只说你热爱大自然，那不行，那还得要看你懂不懂得热爱女人，享受女人。你说他这是什么逻辑？

郭从甚因为正跟项天置气，所以说，什么逻辑？这逻辑有什么错吗？我可以说千百年来，有多少纯美的爱情就会有多少肮脏的交易。我如果能把一组纯美的爱情与一组肮脏的交易，把它们的衣服尽可剥去之后，让它们只露出原始的行为，赤裸裸呈现到你的面前，你敢说你能一眼分辨出哪一个是高尚的哪一个是丑陋的？

项天说，你要这么说，我没法跟你谈了。既然这样，今晚也别睡了，咱出去，咱到伊甸大街上辩论去。

纳小米一听项天这么说，赶紧往回抽脚。等到一楼卧室的门打开，两人出来的时候，她装得跟从二楼急匆匆奔下来的样子，走下了二楼与一楼间的木质楼梯。你们这是……

郭从甚的表情尽可能地进行了转换，朝纳小米挤出来一点生硬的笑。嘿嘿，我跟项天正在探讨一个学术问题，这还没探讨完呢，怕影响你休息，我们到外面继续探讨去。

纳小米心中的笑差点掩饰不住，嘴上却说，郭教授，什么要紧的学术在家里就不能探讨呢，还得跑到外面去？你看，水早就倒好了，你们也没喝。

项天说，一会儿回来再喝。一边说一边开始换强力运动鞋。

郭从甚说，你这是干什么？

项天说，我得跑起来。不然我受不了了。一会儿，我把闵繁浩的行头也给你找出来，你穿穿试试。

他穿过的我怎么穿？

他穿过的你就不能穿了？矫情。项天把自己收拾停当后，把闵繁浩的行头找出来了。跟郭从甚说，换上，我带你去跑酷。

纳小米听说是去跑酷，一下又来了好奇心，说那我跟你们一起去，看你们跑得怎么样。

项天说，你就别跟着掺和了。你早点休息吧！

纳小米说，现在我还不困。

项天说，这青石板巷可是有鬼。

吓唬谁呀，有鬼。你见过了？

当然见过。

那鬼长什么样？

鬼长什么样还能让你看见，你只能看到一双高跟鞋，自己在巷子里咯噔咯噔地走来走去。

项天的话并没把纳小米吓住。纳小米也跟着出来了。

浑黄的灯影下，北青石板巷冷清，悠长。三人踏着青石板顺着巷子往上走。纳小米说，你说的鬼呢？

项天说有鬼的时候是因为他想到了眯眯，眯眯喜欢穿着高跟鞋，可着劲儿地让高跟鞋与青石板产生摩擦，咯噔咯噔走来，再咯噔咯噔走去。但眯眯也不是每天晚上都出来，不会那么巧就碰见她。因此项天只能骗她说，你急什么，咱再往上找找。

往上走了不一会儿，项天意识中仿佛听到高跟鞋咯噔咯噔的响声，他怀疑自己一定是受心理暗示的影响造成了幻听，于是伏下身来，几乎把耳朵贴到了青石板上。

看着项天的样子，纳小米笑了。原来你这就叫跑酷啊？

项天没说话，示意他们两个也趴下来。纳小米跟着趴下来后，还真听到了有双高跟鞋咯噔咯噔在响。

纳小米没敢站起腰来，直接匍匐着挪腾到项天身边，小声问，是不是真有鬼？项天说，真有！纳小米当场就打了个哆嗦。

纳小米扯扯项天的衣角，咱回去吧？

项天说，大家注意别出动静，前面不远就是街口了，拐过街口，一段直路之后，就接上了南青石板巷。今天看来"鬼"出来了，咱到街口堵她。

纳小米只得跟在二人身后，悄没声息地到了街口，然后一起停下来。纳小米的心怦怦怦在跳。

三人从街口拐角各露出大半个头，向那段直路上看去，竟看到不只是一双高跟鞋，而是一个女人衣袂飘飘地向这边走来。纳小米吓得缩回了头，大张着嘴，只差没喊出声。郭从甚倒是很淡定，但心下早已惊奇。倒是项天，这时他在琢磨，是现在撤呢，还是等着眯眯径直走过来？

正在项天犹疑不定的时候，眯眯竟像是知道这边有人埋伏一样，转过身，开始往回走。

项天想，还是不让他们两个见眯眯的好。接下来，如果再晚一会儿，项天就准备宣布撤了，但此时项天突然发现从眯眯身后的一截矮墙里，轻轻翻出一个男人，蹑手蹑脚尾随着眯眯。待他们走出直道，拐向南青石板巷之后，项天说，你们别动，在这儿等我，我过去看看。此时，纳小米看到了另一个不同的项天。

项天只把身子稍稍一坐，两脚便腾空而起，借着断墙、残壁、街树，弹跳、侧蹬、空翻，身体腾空，划出弧线，倏忽落地，然后又借力反弹，身轻如燕，一如幽灵在飞。不过一小会儿就彻底飞出了他们的视线。

大半个时辰过后，项天方才回来。说，没事了，回去吧。

回到别墅，郭从甚和纳小米两个人都处在亢奋状态，想在客厅里好好聊聊今晚的奇遇。但项天说，时间不早了，大家洗一洗，早点睡吧。

项天想跟郭从甚在一楼挤一张床。郭从甚对他回来后不再聊感到很不理解。郭从甚先躺下了，项天躺的时候，郭从甚说我不碍你们的事，你该上二楼上二楼就是。这回，项天看看郭从甚，倒是很淡定地说，那也好。项天就把门从外面给他带上了。

项天和郭从甚都很快睡着了，纳小米反倒没有了困意，她在床上翻来覆去地想今晚的事，却怎么也没想出个明白。听到客厅里有动静，便起床悄悄下楼，结果看到项天衣服没脱，身上什么也没盖，就在沙发上睡着了，打着轻轻的鼾声。她于是又上楼，找了床厚厚的毛毯给项天遮上了。

早上，项天一醒来，就打了个喷嚏。纳小米从厨房里出来，说你醒了？早饭我做好了。

项天一边准备洗漱一边说，不简单，你还会做饭！

纳小米说，我在我姐家天天做。

等项天洗漱完，纳小米指了指卧室，你不去叫他一声？

项天敲了敲门，还睡呀？听到里面没动静，项天推开门，见郭从甚已经不在里面。项天去三楼也找了，没有。纳小米说，你看他东西都还在这里。

项天说，他走不远。你先吃，吃完去上班就是。

项天在凤凰崖上找到了郭从甚。

郭从甚坐在他上次来凤凰崖时坐过的那块石头上，两腿相盘，两掌交叠，双目紧闭，正在有模有样地打着坐。项天在他身边默不作声地坐下来。

不一会儿，太阳像是从崖壁下面的伊豆河上升起来，也像是被伊豆河水洗去了一夜的风尘和污浊，嫩生生，红彤彤，清莹莹。整个凤凰崖上，氧气密集，树木清新，叶片上的露珠也被染成彩色。

此时的伊甸跟真正的伊甸园已经没有什么两样。

郭从甚先是扑哧一声笑了，然后睁开他那小眼睛，我刚才见到夏娃了。

切！

她说，你问问那个鸭蛋（亚当），我给他的那个果子他到底吃了没有？

那你转告她，我已经吃了。

郭从甚说，你说得没错，起码莫若兰这道菜你是吃了。

项天说，你知道什么！

郭从甚不解，又啥意思？你不会又说跟她也没啥关系吧！

还真是。项天望着凤凰崖下的伊甸城，慢吞吞地给郭从甚说，莫若兰……

你说的这些当真？

无一句虚言。

郭从甚摇摇头，说，不可思议！伊甸真是太神奇了，你就是其中的奇葩一朵。你竟然能把周易万搬出来，用古老的周易，或者说用几千年传承下来的是非难定的迷信，去抵挡现代情感的裂变。我已经服了你。

项天说，其实在我们老家枣园，曾有用磨盘定亲的习俗。

用磨盘定亲？

当然那都是很早以前的事了。说的是，如果鉴定一双男女有没有天缘，那就把一盘磨拆开，下半片母盘留在山下，而把上半片公盘推上山顶，然后从山顶上推公盘一把，让它自己滚落下来，如果公盘滚落下来后正好合到母盘上，则是天缘无疑。

郭从甚眨着小眼睛说，这可就难了。

项天说，所以说真正的天缘难得一见，也难得一遇。

唉！郭从甚说，我看你也别再过多纠结了，你我这辈子碰上天缘的可能性都不大。

项天说，最近我准备出去走一走。

去哪？

跟闵繁浩一起。由他定。

打算什么时候动身？

原计划定的今天。

可以。今天我也回去。

项天说，你这次来真的没别的事吧？

郭从甚说，嘿，来之前我是犹豫着想向你借点钱的。

借钱？你知道我哪有钱。

闵繁浩不是有吗。

项天说，他有那是他的。你是不是想用钱摆平蜻蜓？不至于这么俗吧。

向来俗招管实用。

这种钱闵繁浩是不会借的。

郭从甚说，我明白，所以不用借了。

怎么又不用借了？

郭从甚说，你说这凤凰崖有灵气，我还不信。一早我跑上来打坐，求上帝帮个忙，上帝就答应了。这回我信了。

项天说，你怎么现在整得比周易万还神道！打坐打不到佛跟前，反倒打到上帝那儿去了。

郭从甚把手机递给项天，你看看这。

项天接过来，是郭从甚的家乡方州跟他的信息联系，最后面一条是：请你尽快联系你老同学签约。

项天觉得不可思议，方州竟想把他的《经商记》移花接木成《方州商人》，拍成电视剧。

郭从甚说，方州与伊甸相邻，论地理位置比伊甸还要优越，交通也更加发达，却始终搞不明白为什么伊甸搞起了这么大的市场，富甲一方，而方州却冷冷清清，门可罗雀。他们一直憋着一股劲，也想把市场建起来。我每次回去，市里领导都抓耳挠腮地跟我探讨这个问题。有一次，我把你的《经商记》给了他们，我说，我同学写的，虽然都是一些业主的经商故事，但从中是否也能探寻出官方对市场的设计和运作。市里一帮人对这本书进行了研究，最后提出一个建议，那就是拍一部电视剧，为方州的市场建设造势。听他们这么说，我哪好意思说你这本书仅仅印了四十本。

项天不可思议地摇摇头，笑了笑说，拍成电视剧，你觉得靠谱吗？

这有什么靠谱不靠谱的。改编嘛！其实，要我看，你的书里面那个四个女人打麻将的故事，单独抽出来就能拍出一部好看的电视剧。

项天说，我那本破书说明你也认真看了。

当然认真看了。

那四个女人打麻将是有点意思哈。

郭从甚说，反正我是看得津津有味。

项天讥讽郭从甚说，我就知道这样的故事符合你的胃口。你得好好学学人家。不学一点MBA，哪能管理好这么多佳（家）人。

郭从甚说，你这是一不小心整出了一部多角恋从业者的宝典啊。

从凤凰崖上下来的时候，郭从甚说，哎，昨晚一见你，你到伊甸后，别的没怎么见你长进，功夫倒长进了不少。

项天说，有一段时间，我跟闵繁浩几乎每个晚上都要跑上三两趟，练出来了。这几年本来我就是练的内家拳。

217

闵繁浩练的什么？

他主要是练形意。

昨晚发现情况后，你先是跟出去，回来后就不说话了，把我们闷得不行，怎么回事？

项天说，那女人是我同事。

说说听。

项天说，她的故事一句话给你说不清。

郭从甚眨着他的小眼睛，怎么管什么事一到你这儿就变得扑朔迷离了呢？

不是到了我这儿，而是到了伊甸。

是，伊甸！

项天笑笑说，在伊甸，生活就是这么神奇。

5

项天以他与闵繁浩的关系，自以为闵繁浩的一切他都了解。可直至他与闵繁浩、文晴晴被堵在谷子山的山洞里后，闵繁浩才又说出了他的一些实情。

当时三个人已经在洞中摸索了好几个小时，却仍然无法找到出口。最后一片衣服燃完，火光熄灭，四周立马黑下来，也静了下来。地下河早已不跟在他们后面了，淙淙的河水中途已经从张开的岩缝里漏下去，隐隐的流水声听上去遥远而又空荡。闵繁浩说，现在我们得做最坏的打算了。

项天说，不至于吧。不过真是这样，那倒也好。我只求能打出一个电话去，给莫若兰说，我已经死了。倒是可惜了我们晴晴。

文晴晴说，可惜我啥？

项天说，你本来在上海好好的，干吗跑到伊甸来。

肉制品公司，就是卖肉的，我再不回来，早晚也会被人肉的。这符合文晴晴一贯的说话风格。

你学的虽然是小语种，但听眯眯说，你的公关能力非同一般。

文晴晴说，一旦把自己定位为一名公关女，那你就得时刻准备着迎接反公关。在这种情况下，一个女人如果还想走清纯路线，那根本就是天方夜谭。我怕自己走得太远，所以只能及时踩下了刹车。

闵繁浩说，我们本来都与伊甸无缘，但又都有了千丝万缕的联系。现在我们完全可以把心态放平，把这座洞看作是一个女人生命的通道，如果是这样，那可不可以说，我们正在走回母亲的子宫，这也就预示着我们已经完成了一次生命的轮回。

文晴晴说，你的意思是，我们把心态放平，迎接新一次生命的降生？

项天问闵繁浩，问题是我们能真正把心态放平吗，你能吗？

我不能。

你看看！这不是说话那么容易。

闵繁浩说，我是因为还有牵挂。

项天说，你能有什么牵挂。牵挂你那点钱？

闵繁浩说，我在牵挂着我的父亲。

老人家还在？

当然。

我怎么一直没见过？

他在桃花山。

为什么不让我见？

219

闵繁浩说，他连我都不认得了，你见又有何用？

是那个庵尼在照顾他？

庵尼是为修行而来，哪能让她照顾。有专人。

谁？

闵繁浩说，我媳妇。

黑暗中项天看不到文晴晴的表情，反正项天自己很吃惊：闵繁浩竟然结过婚。

是的，结过。闵繁浩说。她叫小桃。项天突然想起他跟郭从甚第一次出桃花山时，遍地桃林中那个倏忽而过的身影。说明当时的郭从甚并非是幻觉。那个身影应该就是小桃。

闵繁浩继续说，我跟她并未登记，但却履行了婚礼程序。我把它看作是一出戏。这出戏的观众只有一个，那就是我父亲。这出戏，是我征求了小桃的意见后，共同演出的。

为什么你要把它说成是一出戏？

因为那时我父亲已经失忆。在他失忆前，他一直希望我能与小桃成亲。我想如果能用一场成亲真正唤醒父亲的记忆，那我就心甘情愿以假当真，但结果没有。

小桃是谁？

伊甸大卖场里我父亲救助过的一个商户的女儿。那商户死得不明不白，撇下了她。

项天说，你没看上她。既然没看上她，也不是真结婚，那何必要让她来照顾老人家呢？这样可不是耽误了她。

在我打算把父亲安置到桃花山的时候，我已经挑好了照顾的人选，让她离开，开始自己的生活。但她不仅愿意照顾父亲，而且愿意陪伴父亲走完最后的人生。

她为什么非要这么做？

因为家父的失忆，并非老年痴呆，而是为救助她父亲时，被黑道的人打破了头，留下了失忆症。我劝小桃，何必呢！可小桃说，权当我们那场对外秘而不宣的婚礼是真的。后来，她陪着家父一起进了桃花山。所以我几乎每周都要去一次桃花山，我哪是去赏景，而是为了去看我父亲，当然也捎带着去看小桃。

6

英雪的母亲石在南身体垮了，精神也垮了。按英雪要求不能往精神疗养院送，项天和闵繁浩决定，也只能把她送往桃花山。

这个方案相对最佳。桃花山环境好，清静，外界少有打扰，而且有红润庄严清丽尼在那儿，她日日焚香诵经，或许能帮她把心安顿下来。只要把心安顿下来了，相信精神也会随之慢慢好起来。

去桃花山送石在南的时候，正赶上满山桃树挂满果实的季节。商务车里坐着闵繁浩、项天、文晴晴、纳小米、石在南，另外还有一个女孩。

闵繁浩原没打算让文晴晴来，但纳小米很想借此看看桃花山，非要来不可，这样文晴晴也便一起来了。在项天原来住的房子碰头的时候，项天发现车里多了一个女孩。这个女孩他当然认识。闵繁浩和文晴晴下车后，那女孩也跟着下了车，看见项天，就热情地走过来，低声跟项天说，你不知道我能生双胞胎儿子吧，我跟你说，我能生双胞胎。

文晴晴把她拉到一边，她还在说，我能生！

闵繁浩跟项天说，她的情况，跟石在南差不多，一块把她也送过去吧。

这个女孩已经在风尘中沦落一阵子了。在风尘中，她跟每一个男人不着边际不厌其烦地一遍又一遍表白，她能生，她能生双胞胎。却不知道问男人要钱。男人们给钱的时候，她也只是嘿嘿地笑。我能生！

在距山中小庵还有一段距离的时候，歌声已经从山谷桃林中隐隐向外传出。

滴不尽相思血泪抛红豆

开不完春柳春花满画楼

睡不稳纱窗风雨黄昏后

忘不了新愁与旧愁

一行人进入到庵前那片桃林，下了车，静立在桃林边，但见红润庄严清丽尼僧胞如水袖，碎步移树间，歌声漫林外。

咽不下玉粒金莼噎满喉

照不见菱花镜里形容瘦

展不开的眉头

挨不明的更漏呀

恰便似遮不住的青山隐隐

流不断的绿水悠悠

唱词千回百转，回应着来者的心意，也映照着演唱者的泪花。或许是闵繁浩想起了老父亲，或许是文晴晴念起了旧光景，或许是项天忆起了到伊甸来的种种经历，或许是纳小米感悟起与项天的情感交集，总之，听得四个人的眼中都蓄满了泪水。

甚至演唱者红润庄严清丽尼眼里也闪烁着。

独倚庵门前的年轻师父小桃，同样神思幽远，荡气回肠。

能生双胞胎的小服务员，不妨就叫她双生吧，却兴高采烈地鼓了掌，打破了用歌声铺展起来的伤感和宁静。

闵繁浩走上前说，我们给你带过来两个人。

红润庄严清丽尼双手合掌：阿弥陀佛。

7

项天和纳小米的婚礼可以称得上是一场非典型性婚礼，因为来参加婚礼的人，大多都戴着口罩。一场非典型性的病毒正在流行和肆虐。

项天与莫若兰结婚的时候，郭从甚正跟蜻蜓和蝴蝶闹得不可开交。这一次，项天请郭从甚，郭从甚说，哥们儿，你什么日子不能选，典型一点好不好。

明公和谭大嗓倒是都从北京回来了，若没这场病毒，他们或许回不来，现在也并非然全是为参加项天的婚礼而来，而是一种从大城市的逃亡。

婚礼由谭大嗓主持。明公"噉痕哏狠佷"的笑声不断地传出，项天说，当年你一门心思进伊甸画院没进成，还用"三字经"把由局长骂了个七开八开，闹得不欢而散。如果现在再让你进，你还进不？

明公"噉痕哏狠佷"地笑完，说，已经时过境（迁），何必旧事重（提）。唉，现在回想，当时确也有点愤愤不（平），意气用（事）。事情就是这样，有时逼上梁（山），也未必坏。这不，转个身，柳暗花（明），别有洞（天）。什么时候你去趟北京，我招待你。

那可是打扰。

哎，不能那么说。不过是小菜一（碟），不成问（题）。

明公看着纳小米，说这小女子美若天（仙），闭月羞（花），绝色佳（人）。真是天地祥（和），喜气洋（洋），万物（复）苏。好啊，好啊，

223

只愿春情萌（动），白头（偕）老。

项天说，怎么，你也动凡心了？

明公一听，又"嗷痕哏狠很"地笑起来。那笑声里满是春风得（意）。项天也被他四字成三的毛病传染了。

周易万没得说，他自然得来。但他说，我得抓紧回去普救众生。

项天说，怎么，又改信佛教了？

我信什么佛教！我那里进了大量成箱的口罩，还储备了好多板蓝根、大蒜、金银花。

项天说，你把周易馆又搞成土特产市场了？

周易万说，哎，我告诉你，这就是周易啊。我去年就算出来，这些东西要走俏。

项天说，拉倒吧你！

周易万嘿嘿地笑。笑归笑，但确实，不管什么情况下，他都能够有所收获。这次病毒流行他又收获了。这收获倒不单单是他居了多少奇货，发了多少暴利财，而是通过旺销这些急需品，让周易馆的名声更加远播。

项天跟谭大嗓说，那个朱老堂已经过世了。

谭大嗓看了项天半天，竟然已经不知道朱老堂是谁。

看来他已经忘了。因为他现在已经成为影视导演，已断了与戏剧的缘。

参加完项天与纳小米的婚礼之后，闵繁浩与文晴晴就去了桃花山的小庵，暂时住在了那里。文晴晴给纳小米打电话，你跟项天也来吧。纳小米拽着项天来了。文晴晴说，这可是佛家圣地，一片净土，你跟项天不可以整得风骤雨浓哈。

纳小米说，放心，哪有天天都下雨的天气！

嘿，别忘了，你跟项天还是蜜月。

纳小米说，我们这蜜月，是非典型性的。

没过几天，闵繁浩要去谷子山那边。那边的游客中心快要建成了。闵繁浩走后第二天，项天打电话说，你抓紧回来。闵繁浩以为出了什么事，回来后见是郭从甚来了。闵繁浩问他，有事？郭从甚说，有。闵繁浩说，那还是到谷子山那边去谈吧。项天也随他们两个去了那边。

郭从甚说，我能不能不走了？

闵繁浩说，你住段时间就是，什么时候这场病毒过去你再回去。

项天说，你可以把师姐蝴蝶也接来。

郭从甚说，唉，我们早就分居了。我越来越觉得那座小庵不错，我还不如出家算了。

项天说，你与蝴蝶又怎么了？

郭从甚说，咱那个师姐太强势了，天天按院长的要求对我进行打造，短期目标是副院长。逼着我写论文，你也知道，我如果喜欢写论文，我们还能走到一起吗？其实我的本科课在全院是数得着的，学生们爱听愿意听这已经足够了，何必非要整论文呢！有的可论时，我自然会论。我喜欢自由，做闲云野鹤最好。

项天说，不行。不能由着你。过一段你就回去吧。回去后，交给你个任务，把英雪照顾好。

郭从甚在山上拖了很长时间才回去。回去后给项天打来电话，说，我怎么看着英雪这小女孩不大正常。

怎么了？

她那栋女生楼里，有一个重度感染者。全校感染的人不少，但"走"了的就她一个。那么巧，这是英雪平时最谈得来的一个女伴。这事好像对英雪的打击很大，性格变得很孤僻。

8

英雪的精神一次次受到重击，已经上不成班，只能回家休养。闵繁浩的意见是让她去桃花山。项天不同意这个安排，原因是石在南在那儿，还没完全转化过来呢，石在南的状态不仅对英雪的休养没帮助，甚至还会起反作用。闵繁浩说，那你说怎么弄？

项天说，就让她留在谷子山吧。

谷子山？谁来照顾！

都没有话。最后，郭从甚说，我。

郭从甚说，我跟蝴蝶已经离婚了，我一天也不愿再在学院待下去。我想到这儿来。如果不是因为英雪，我或许早就来了。

项天说，她跟你有什么关系？

没关系。但是你交代我要照顾好她的。

项天说，你想照顾她，可能是一辈子的事。

那就一辈子。

项天与闵繁浩对视了一下。闵繁浩说，这样也好。看来你是心意已决。那这样，你也别照顾英雪了，就由你来做舒美游乐的总经理吧。目前公司资金也并不宽裕，付不起你多少钱，毕竟是大教授，我想青龙庄园的那套房子你如果不嫌弃，就送给你了。

项天说，这不行，这是老人家专门给你结婚用的。

闵繁浩叹口气，是啊，可老人家已经走了。

老人家走了你就不结婚了？

闵繁浩说，不结了。

世事就是这么难料，当年项天意外落草伊甸，如今郭从甚也要到这里来落草了。

9

看上去一切就绪。

这天，闵繁浩突然给项天电话，抓紧到桃花山，小庵。

怎么了？

闵繁浩说，静宁师父精神失常。

项天说，你没弄错吧，静宁，她……这是怎么回事？

闵繁浩说，你不了解，她的故事也不是一天两天说完。你先过来，其他，再说吧。